글쓰기, 나만의 퀘렌시아Querencia

글쓰기, 나만의 쿼렌시아Querencia

발행일   2024년 2월 28일

지은이   김미예, 김선황, 김지안, 김지연, 김홍선, 박정미, 이은설, 이은정, 이은희, 정원희
펴낸이   손형국
펴낸곳   (주)북랩
편집인   선일영   편집   김은수, 배진용, 김부경, 김다빈
디자인   이현수, 김민하, 임진형, 안유경   제작   박기성, 구성우, 이창영, 배상진
마케팅   김회란, 박진관
출판등록   2004. 12. 1(제2012-000051호)
주소   서울특별시 금천구 가산디지털 1로 168, 우림라이온스밸리 B동 B113~115호, C동 B101호
홈페이지   www.book.co.kr
전화번호   (02)2026-5777   팩스   (02)3159-9637

ISBN   979-11-7224-003-5 03810 (종이책)   979-11-7224-004-2 05810 (전자책)

(주)북랩 성공출판의 파트너

북랩 홈페이지와 패밀리 사이트에서 다양한 출판 솔루션을 만나 보세요!

홈페이지 book.co.kr   •   **블로그** blog.naver.com/essaybook   •   **출판문의** book@book.co.kr

작가 연락처 문의 ▸ ask.book.co.kr

작가 연락처는 개인정보이므로 북랩에서 알려드릴 수 없습니다.

하루 한 번 멈추는 시간

글쓰기,
나만의
퀘렌시아
Querencia

김미예, 김선황, 김지안, 김지연, 김홍선,
박정미, 이은설, 이은정, 이은희, 정원희 지음

북랩

달라진 세상,
글쓰기가 나를 살렸습니다

'여유롭게 살고 싶다.'는 말을 입 밖으로 달고 살았지만 일을 만들고 벌이는 스타일이라 통 쉴 틈을 주지 않았습니다. 먹고사는 일에 치이고 육아에 정신없이 달려왔습니다. 지치고 힘들었지만, 더 나은 삶을 살고 싶었습니다. 퇴근 후 자기 계발을 위해 강의도 듣고, 함께하는 사람들에게 배우며 돌파구를 찾으려 노력했습니다. 빡빡한 일정에 한숨을 쉴 때도 있었고, 어떻게든 지금의 삶에서 벗어나려고 발버둥도 쳐 보았습니다. 주위 지인인 S가 남편과의 불화로 힘들어하는 모습을 볼 때는 남 일 같지 않아 안타깝기도 했습니다. 그들의 편에 서서 힘이 되어 주고 싶었습니다.

3년 넘게 글쓰기 수업과 각종 강의를 들었습니다. 블로그에 글도 썼습니다. 특별한 일이 있을 때 쓰는 비밀 일기도 2년째 쓰고 있습니다.

2023년 한 해는 잊지 못할 추억이 많습니다. '자이언트 북 컨설팅'을 통해 새로운 경험을 쌓고 있고, 혼자서는 하기 힘든 '함께'라는 이름으로 공저프로젝트에 참여하여 다섯 권의 책을 공동 집필했습니다. 책임감도 느껴지고, 같이 집필했던 공저자와도 자연스러운 소통을 할 수 있었습니다. 재미있게 집필에 참여하다 보니 계속 쓰고 싶은 생각이 들었습니다. 라이팅 코치로서 비즈니스 감각도 익히고, 업무에 적용하여 성과도 낼 수 있었습니다.

열 명의 라이팅 코치들에게 주어진 주제는 '글쓰기=치유'였습니다. 꼭지별 주제는 다소 당황스럽고 무겁게 느껴졌습니다. 떠올리고 싶지 않은 기억도 끄집어내야 하고, 감추고 싶었던 일도 들춰내야 글이 될 것 같았습니다.

둘째는 방학을 했고, 셋째는 개학해서 학교에 갑니다. 일하면서 딸들의 세끼 밥과 간식을 챙기고, 방학 동안 과제도 봐 줘야 했습니다. 퇴근하고 집에 오면 만사 귀찮아 쓰러져 자기 바빴습니다. 이게 뭐 하는 짓인가 싶어 미안했습니다. 지금의 내 모습이 주제와 딱 어울리는 듯도 했습니다. 주제가 정해졌으니 그에 맞는 내 경험을 써야겠지요.

노트에 제목과 주제를 적어 보았습니다. 쭉 써 나갈 때까지만 해도 각 꼭지별 주제에 대한 소제목과 내용은 무엇으로 연결하여 1.5매를 채울 수 있을까 고민했습니다. 답은 하얀 백지 위에 까만 글씨로 독자에게 전해 줄 나의 이야기를 쓰는 것이었습니다.

『글쓰기, 나만의 퀘렌시아Querencia』는 하루 한 번 멈추는 시간을 통해 스트레스와 피로를 풀며 안정을 취할 수 있는 나만의 공간을 의미합니다.

'1장 이렇게 사는 게 맞나 싶을 때'에서는 글쓰기를 통해 삶의 방향을 짚어 보는 시간으로, 지금까지 살아온 나의 모습이 맞나를 돌아봅니다. 나를 비롯해 사람들은 자신이 무엇을 좋아하는지 생각하지 않고 지나치는 경우가 대부분입니다. 여유 없이 앞만 보고 살아왔다면 한 번쯤은 글로써 나를 표현해 보는 시간도 필요하다고 생각합니다.

'2장 아프고 힘든 순간'은 치유와 회복을 위해 나는 어떤 방식으로 풀어 나가는지, 또한 라이팅 코치들의 이야기는 어떤 내용인지 사람들에게 들려줍니다.

살다 보면 억울하고 화가 나서 견딜 수 없을 때가 있지요. '3장 화가 나서 견딜 수 없을 때'는 내 안에 있던 나쁜 감정들을 털어 내는 이야기를 담았습니다. 마지막 '4장 삶의 무게에 지쳐 힘들 때'는 모든 것을 포기하고 싶은 순간 글쓰기는 어떻게 나에게 힘이 되어 주는지를 썼습니다.

초고를 쓰고 저를 포함하여 열 명의 라이팅 코치들이 작성한 원고를 취합했습니다. 서기로서 한 분 한 분의 글을 눈으로 인사했습니다. 각자의 다양한 이야기가 책으로 나올 것을 생각하니 설렜습니다. 내가 전혀 생각지도 못한 글감으로 한 편의 글을 쓴 작가도 있었고, 알 만한 내용이지만 자신의 경험을 연결하여 표현한 분도 있었습니다. 1차 퇴고본은 이전의 초고보다는 한층 정돈되었다는 걸 확인할 수 있었고, 2차 퇴고에서는 고치고 또 고친 흔적이 고스란히 보였습니다. 마지막 짝꿍 퇴고는 미처 생각지 못하거나 보이지 않던 나의 오류가 짝꿍의 눈과 감각을 통해 더 좋은 문장으로 발전했다는 것을 알 수 있었습니다. 서로에게 좋은 시너지는 물론, 동기 부여가 되었고, 노력하는 모습에 힘을 얻었습니다.

주제를 받았을 때는 막막하다가도 일단 시작하면 꾸역꾸역 빈칸을 채워 나갈 수 있는 힘이 생깁니다. 초고, 1차 퇴고, 2차 퇴고, 짝꿍 퇴고를 거치고 나면 라이팅 코치들의 이야기에는 생명력이 한층 더해집니다. 우리들의 이야기를 읽어 줄 독자가 있다고 생각하니 가슴 떨리고 설렙니다.

글을 쓰지 않았을 때는 입만 열면 불평불만이 가득했습니다. 지금도 일하다 마음에 맞지 않으면 나도 모르게 발끈하면서 욕이 튀어나옵니다. 그러나 글을 쓰면서 한 번 더 생각해 보게 되었습니다. '나와 다를 수도 있겠구나. 그 상황에서는 그럴 수밖에 없겠지. 나라면 어땠을까?' 상대를 이해하고 배려하는 마음이 생겼습니다.

이 책을 손에 든 독자들이 '나도 내 이야기를 글로 써 볼까?'라는 생각과 함께 도전해 보면 좋겠습니다. 고민하고 속상해하기보다는 '지금 내 기분이 더럽다' 하고 글로 끄적여 보고 그 상황을 직시할 수 있다면 마음 바꾸기는 한결 수월할 겁니다. 자신이 쓴 글을 읽고 피식 웃을지도 모르겠습니다.

이번 주제가 '글쓰기=치유'라고 했습니다. 달라진 세상에서 좋은 일,

아프고 힘든 일, 죽도록 미운 마음에 분노가 가라앉지 않을 때, 하루하루 살아가는 내 삶이 지치고 힘들 때 글을 쓸 수 있다는 것이 얼마나 다행인지 모릅니다.

하루 한 번, 나만의 공간에서 단 5분이라도 하루를 돌아보는 사색의 시간을 가진다면 지금보다 나은 삶을 누릴 수 있을 거라 확신합니다. 회복 탄력성 또한 빨라지겠지요. 나의 하루를 글로 남기는 날이 많아지니 좋은 생각은 물론이고 자신감까지 충만해졌습니다. 다른 사람의 말에도 휘둘리지 않게 되었습니다.

지금을 살아가는 사람들에게 꼭 필요한 주제를 선물해 준 '자이언트 북 컨설팅' 이은대 대표의 기획력에 놀라웠고, 아홉 명 라이팅 코치들의 책임감에 감동했습니다. 이렇듯 글은 우리에게 가능성을 열어 주는 동기 부여이자 강력한 힘입니다.

24년을 시작하며!
라이팅 코치 김미예

차례

1장 이렇게 사는 게 맞나 싶을 때

2장 아프고 힘든 순간

3장 화가 나서 견딜 수 없을 때

4장 삶의 무게에 지쳐 힘들 때

이렇게 사는 게
맞나 싶을 때

어제 그리고 오늘

김미예

아랫배가 당기고 찌릿했습니다. 더는 참을 수가 없어 급히 화장실로 갔습니다. 퇴근 시간까지 일 처리로 바빴습니다. 어제도 오늘도 마찬가지입니다. 종일 몰아치는 광고주와의 상담, 대행사 영업 사원의 업무 지원, 직원 업무 교육, 회사 홍보 및 영업 활동 등 하루가 짧다는 생각이 듭니다. 시계는 오후 여섯 시를 가리키는데 아직 해야 할 일이 가득합니다. 오늘도 칼퇴근은 사치입니다. 앞에 있는 모니터를 노려봅니다. 문득, '이렇게 사는 게 맞는 건가' 의문이 들었습니다. 특별한 이유가 있는 게 아닙니다. 불쑥 허탈한 생각이 들었습니다. 대처할 방법도 마땅찮습니다. 아무것도 하기 싫었습니다. 이러려고 치열하게 살았나 싶은 것이, 영 찜찜합니다. 힘이 쫙 빠집니다.

상담하면서, 혹은 직원들과 일상을 보내면서 말 한마디에 상처받을 때가 있습니다. 이유를 알지만, 해결책을 찾지 못할 때면 답답합니다.

내가 무엇 때문에 사서 고생을 하나 싶어 억울하기도 하고, 부르르 떨며 나도 모르게 욕이 튀어나오기노 합니다. 그냥 다 때려치우고 속 편하게 살고 싶다는 생각을 여러 번 합니다.

이와는 정반대로, 광고주에게서 "덕분에 일이 잘되었습니다."라는 연락을 받으면 보람과 희열을 느낍니다. 또 책을 읽고 글을 썼는데 도움이 되었다는 댓글이 달리면 세상을 다 얻은 것처럼 두근거리고 설렙니다. '이렇게 사는 게 맞는 거였어!' 삶의 의미와 가치를 더 강하게 느낍니다. 순간 조울증인가 혼란과 착각에 빠지기도 합니다.

이유야 어찌 되었든, 좌절과 절망 속에 흔들리는 날이 있는가 하면, 보람과 일하는 즐거움을 느끼며 설레고 행복한 날도 많습니다. 하루를 마무리할 때 곰곰이 생각해 봅니다. '절대 쓰러지지 않아!' 주먹을 불끈 쥡니다. 몇 자 끄적이면 또 힘이 생깁니다.

나에게 닥친 다양한 고민과 문제를 해결하려 애를 쓰는 것도 중요합니다. 그러나 '사는 게 이런 거구나' 마음을 내려놓는 자세도 필요하다는 걸 받아들입니다.

오십. 사는 동안 힘든 날 많았습니다. 대출금 갚느라 돈을 벌어도 밑 빠진 독에 물 붓기처럼 금세 빠져나가 동동거리던 시간, 일하면서 애가 아파 이 병원, 저 병원 찾아다니며 속상해했던 일, 친정엄마를 모시고 있던 큰오빠가 갑자기 세상을 떠나 절망했던 순간, 심한 스트레스로 대상포진에 걸려 고생했던 일, 믿었던 사람에게 돈을 빌려줬는데 받지 못해 고스란히 내가 떠안아야 했던 현실이 삶을 지치게 했지만,

끝내 지나갔습니다.

주위 시선 아랑곳하지 않고 만세를 부르며 좋아한 날, 최연소 승진으로 누렸던 잠깐의 행복, 세 딸이 건강하게 자라 나와 남편에게 힘이 되어 주었던 순간, 광고대행사 경력 17년 만에 또 다른 성과로 직원들에게 인센티브를 제공해 주었을 때의 뿌듯함이란, 말로 어찌 다 표현할 수 있을까요.

글쓰기 선생님인 이은대 작가를 만나 글을 쓰고, 살아가는 지혜를 배울 수 있었습니다. 좋은 일, 속상한 일, 결국은 다 지나갔습니다. 영원한 불행도 완전한 행복도 없다고 생각합니다. 지나고 보니 인생은 즐겁고 행복한 날들과 오지 말았으면 하는 우울한 날들이 번갈아 찾아옵니다. 사는 동안 반복되겠지요.

계속 힘든 날만 있는 것도 아니고, 기분 좋기만 한 인생도 없습니다. 산다는 건, 매 순간 이랬다저랬다 하는 과정이 되풀이됩니다. 마음이 괴롭다 해서 절망할 필요도 없고, 기분 좋다고 해서 방방 뜰 것도 없습니다. 나에게 좋지 않은 순간이 다가오면 뭔가 잘못되었다는 신호로 받아들이고 대비하면 됩니다. 이렇게 행복해도 되나 싶을 땐 주위를 둘러보는 겸손함도 필요합니다. 이 마음으로 다른 사람을 도우면 됩니다.

상담하다 보면 불평불만 내뱉는 사람을 자주 접합니다. 타사와 비교하며 짜증을 냅니다. 상대가 왜 짜증이 났는지 일단 잘 듣습니다. 그 광고주를 통해 나는 회사에 또는 사람들에게 불평불만을 쏟아 낸 적은 없는지 생각합니다. 상대방을 통해 나를 보게 되고, 고통과 시련에 집중하기보다는 행복했던 순간을 떠올리려 합니다.

기분 좋은 일이 생기면 내 기운이 옆 사람에게 좋은 에너지로 전달될 겁니다. 상대방도 좋고 나도 좋고, 행복한 일이 반복될 수 있다는 사실을 알게 될 겁니다.

행복한 마음으로 살겠다고 노력해도 불행한 일이 닥치게 마련이고, 내 인생은 왜 이렇게 되는 일이 없을까 한숨 쉴 때도 생기지만, 나도 모르게 행복한 일이 잔잔하게 다가올 때도 있습니다. 나에게 일어나는 인생을 역행하기보다는 있는 그대로 바라보고 받아들이는 것이 무엇보다 중요하겠지요.

20대, 30대에는 제법 괜찮다 싶었습니다. 40대와 지금, 문제를 해결하기 위해 동분서주합니다. 자꾸만 뭔가를 바라면서 살았습니다. 오늘 하루에 만족하고 감사한 적이 별로 없었습니다. 현재 상황이 부족하고 모자라 불평도 가득했습니다.

한 페이지 책을 읽고, 글을 쓰면서 달라지기 시작했습니다. 오늘 하루 잘 살아온 일에 감사하기로 했습니다. 잠자기 전, 블로그에 글을 올립니다. 내 글을 기다리고 있을 단 한 명의 독자를 위해 씁니다. 아직은 살 만한 세상이란 걸 나누어 주고 싶어서 글을 발행합니다. 누군가를 돕는다는 마음으로 산다면 인생은 좋아진다는 걸 배웠습니다. 웃으라 해서 웃었고, 함께 글을 쓰자고 해서 썼습니다. 지금은 하루를 기록하는 것이 좋아 씁니다.

오십에 내 삶을 돌아보니 추운 날과 더운 날 있고, 화창한 날과 흐린 날도 많았습니다. 삶은 날씨와 비슷하다는 생각이 들었습니다. 번덕스럽습니다. 고통스럽다가도 언제 그랬냐는 듯 까르르 웃습니다. 괴로워하거나 우울해하지 않았으면 좋겠습니다.

10년 전, 5년 전에 고민했던 게 무엇이냐 물으면 기억하지 못할 때가 더 많습니다. 사흘 전의 문제에 대해서도 잊어버리곤 합니다. 그러니 이렇게 사는 게 맞나 싶을 때는 종이 위에 적어 보는 겁니다. 나에게 일어난 일에 대해 나는 지금 무엇을 해야 하는가. 어제와 오늘을 아쉬워하거나 걱정과 근심으로 시간과 에너지를 낭비하지 않았으면 좋겠습니다. 마음먹고 노력해도 불평불만이 튀어나올 수 있습니다. 사람이니까요. 오늘 기분을 유쾌하게 만드는 것도, 행복을 누리는 것도 오직 '나 자신'에게 달렸습니다. 한 달 전에는 행복했고, 2주 전에는 별로였고, 어제는 불행했지만, 오늘은 또 기분 좋고 행복합니다. 좋은 날, 이상한 날, 기분 더러운 날은 번갈아 찾아옵니다. '인생이 그런 거구나' 하고 받아들이면 그것을 구경하는 재미도 제법 쏠쏠할 겁니다.

사람들과 부딪혀 욕이 튀어나오고, 정성을 다했는데도 내 마음 같지 않을 때, 혹은 이렇게 사는 것이 맞나 싶을 때는 종이 위에 쭉 적어 봅니다. 백지는, 그런 내 마음을 다 받아 줍니다.

나만의 항로를 찾다

김선황

좌석 벨트 불이 깜빡거렸다. 기장의 안내 방송이 들렸다.

"승객 여러분, 기류가 불안정하여 기체가 많이 흔들리고 있습니다. 자리에 앉아 좌석 벨트를 매 주십시오."

식사를 준비하던 승무원들도 벨트를 맸다. 기체가 위아래로 흔들거렸다. 눈을 꼭 감고, 어금니를 물었다. 머리와 허리를 시트에 직각으로 붙인 채 기체와 함께 덜덜거렸다. 울렁거림이 심해지는 만큼 두통이 밀려왔다. 심장 박동 수가 빨라졌다. 뻐근해지는 심장 부근을 오른손으로 눌렀다. 추락하면 어쩌지. 집 정리 좀 하고 올걸. 멀미와 잡생각들이 기체만큼 요동쳤다. 기체는 안정되는가 싶다가도 몇 번 더 흔들렸다. 기류가 안정되었다는 신호음을 시작으로 좌석 벨트 사인이 꺼졌다. 기내식을 준비하는 승무원의 손길이 분주했다.

해외여행을 갈 때마다 대청소하고 떠나는 지인이 떠올랐다. 유사시에 대비해 통장 비밀번호 등을 가족에게 알려 준다고 했다. 몇 년 전에 남편과 여행 가면서 내게 전화했다. 자녀들에게 알리지 않고 가는 여행이라, 누군가에게는 행선지를 알려야 할 것 같다고 했다. 나는 한 번도 주변을 정리하고 간 적이 없다. 이번 여행에 그녀와 동행했다. 처음으로 청소하지 못했다고 했다. 그만큼 여유 없이 나왔다는 것이리라. 나 역시 그렇다. 일상을 그대로 멈추고 몸만 빠져나왔다. 흐트러진 책상을 그대로 두고 하루 전날 겨우 짐을 쌌다. 이른 아침 출발이 아니었다면 출발 직전에 캐리어를 덮었을지도 모른다. 몸이 먼저 공항행 버스에 실렸다. 인천 공항 1터미널에 도착할 즈음, 정신도 가까스로 따라붙었다.

하나둘 스크린이 꺼지고, 주위가 점차 어두워졌다. 사람들이 웅얼거리는 소리가 물속에서 말하는 것처럼 들렸다. 간혹 칭얼거리는 아기들 소리도 들렸다. 두런거리던 소음이 차례차례 가라앉았다. 새벽 2시, 스크린 전원을 끄고 눈을 감았다. 잠이 든 줄 알았는데, 깜빡 졸았던 모양이다. 몸이 굳은 상태로 뻑뻑한 눈을 떴다. 머릿속은 커서가 깜빡거리는 노트북 같았다. 뭔가 입력해야 할 것 같은 압박감이 느껴졌다. 오기 직전까지 키보드 앞에서 쓰고 지우고를 반복했다. 출판사 계약을 완료하고 산뜻하게 여행길에 오르려 했다. 퇴고가 예상보다 길어지면서 투고가 늦어졌다.

처음 출판사에 투고했다. 출판사 메일 주소를 몇 번이고 확인했다. 몇 시간 만에 한 출판사에서 답장이 왔다. 원고에 대한 장문의 피드백이었다. 성의에 감사해야 할지, 짧은 시간에 간파당한 초보 작가의 부족함을 인정해야 할지 복잡했다. 그 이후로 거의 매일 거절 메일을 받았다. 어떻게 대응해야 할지 몰랐다. 이게 맞나? 인생 후반전에는 글 쓰는 삶을 살겠다고 다짐했을 때 쉽지 않으리라 여겼지만, 역시 현실은 더 냉정했다. 갑작스러운 기체 변화를 누구도 예상할 수 없듯 예상 밖의 일은 결심을 흔든다. 항로에 맞게 가고 있는 것일까?

대각선 앞쪽 좌석에서 스크린이 깜빡거렸다. 지도가 보였다. 한반도에서 이륙한 비행기가 노란 화살표 꼬리를 달고 남반구 쪽으로 향하고 있었다. 이륙 전 조종사는 비행할 곳의 방위, 자세, 비행 고도 등의 정보를 입력해 항로를 설정한다. 이륙 후 순항 고도에 도달하면 조종사는 오토파일럿으로 비행기를 안정적으로 유지한다. 때로 다른 비행기의 고도를 침범해서 가기도 하고 다른 비행기에 양보도 해야 하기에 수시로 속도와 고도를 조정한다.

삶에도 오토 기능이 있다면 어떨까? 비행 목적지 정보를 넣고 이륙을 잘하면 고도가 유지되는 것처럼 인생의 일부분도 계획대로 흘러갈까? 어떤 비행은 이륙할 때부터 심하게 흔들리기도 하고, 다른 비행은 착륙까지 깔끔해서 기분 좋게 목적지에 도달하기도 한다. 별문제 없이 지금껏 살아왔다고 하는 이들도 크고 작은 문제를 해결하면서 살아왔을 것이다. 비행기 사고는 확률이 적다고 하지만, 제로는 아니다. 태풍 같은 자연재해가 아니더라도, 테러 같은 극단적인 상황이 아니더라도 조종사의 추가 조작이 필요하다. 각 나라의 영공을 지날 때와 관제권을 통과할 때 주파수를 변경하고, 각 나라와 지역의 관제사와도 원활

하게 소통해 새로운 지시를 자동 항법 장치에 반영해야 한다.

일상도 그렇다. 아침에 일어나는 일부터 변수가 생긴다. 일찍 일어나야 할 때 알람이 울리지 않기도 하고, 비몽사몽간에 알람을 끄고 다시 잠들어 버려 심각한 실수를 하기도 한다. 집 밖에 나오는 순간에는 더 많은 변수가 기다리고 있다. 도로 상황, 날씨 상황 등 통제할 수 없는 일들이 일어난다. 조종사처럼 능숙하게 변수에 대처할 수 있으면 좋지만, 삶은 생방송이다. 리허설을 했어도 허둥거리고 돌발 상황에 얼어붙는다.

글쓰기는 어떤가? 비행기는 착륙보다 이륙이 더 위험하다. 기체가 가장 무겁고 속도도 늦어 에너지가 적기 때문이다. 글쓰기를 비행 과정으로 보면 퇴고까지 이륙 준비로 볼 수 있다. 작가는 비행 목적지를 설정하고 운행하는 조종사다. 오토 기능이 있어도 조종사는 순항을 위해 수시로 비행 과정을 확인해야 한다. 조종사가 비행 전에 난기류에 대응하는 방법을 실전 연습을 통해 길렀듯, 작가는 투고 후 출판사와 퇴고하는 과정을 거쳐야 한다. 관제탑과 소통이 조종사에게 중요하듯 어떤 출판사와 만나느냐에 따라 글의 내용과 방향이 섬세해지고, 목적지에 도달할 수 있다.

내 상황 기류는 오리무중 상태다. 계약하고 출간을 진행할 수도 있고, 2차 투고를 시도할 수도 있다. 조종사가 설정한 대로 비행이 순항 중이다. 밤 비행기를 타서 밖은 캄캄했지만, 스크린으로 비행기 위치를 확인할 수 있다. 노란 비행기가 호주에 가까워지고 있다. 이제 흔들림이 거의 느껴지지 않는다. 곧 호주의 아침을 맞이할 것이다. 출간이라는 목적지를 향해 나만의 항로를 설정할 시간이다. 5박 7일, 호주 여행은 틈틈이 순항을 준비하는 여정이 될 것이다.

이상한 나라의 앨리스,
이젠 너의 길을 가라!

김지안

"길을 떠나기 전, 여행자는 여행에서 달성할 목적과 동기를 가지고 있어야 한다." - 조지 산타야나

『이상한 나라의 앨리스』 동화에 보면 회중시계를 허리춤에 달고 있는 '시계 든 토끼'가 등장한다. 흰 토끼는 "큰일이다! 지각이다!"라고 말하며 앨리스 앞을 바삐 지나간다. 앨리스는 늦었다고 되뇌이며 어디론가 바삐 뛰어가는 흰 토끼에게 호기심을 느낀다. 시계 든 토끼에게 정신이 팔려 앨리스는 토끼 뒤를 따라 뛰어간다. 흰 토끼는 큰 나무 아래 토끼굴 속으로 훅 들어가 버린다. 시계 든 토끼가 사라지자, 앨리스도 토끼굴 속으로 겁 없이 뛰어든다. 앨리스는 끝을 알 수 없는 굴 아래로 떨어진다. 이후 앨리스는 어딘가에서 정신을 차린다. 시계 든 토끼는 보이지 않는다. 앨리스는 자기 자신의 목적지가 아니라 토끼 목적지를 따라가다가 낯선 곳에 덩그러니 남겨졌다. 자기 자신의 의지와

관계없이 이상한 나라로 들어간 거다. 단지 흥미와 호기심이 생겼다는 이유로. 앨리스는 지난날 나의 모습을 투영하는 것만 같았다.

2021년 4월, 본격적으로 일기를 쓰기 시작했다. 초반에는 일기를 쓰는 둥 마는 둥 했다. 초반 일기 내용은 하루 동안 있었던 일에 대해 느낀 부정적 감정을 쏟아 놓는 창구로 활용했다. 밋밋하고 무료한 일상에 새로운 도전이었다. 일기 그거 좀 썼다고 내 인생 달라질까? 의심스러웠지만, 좋다고 하니 지속했다. 내가 여전히 못하는 것이 꾸준히, 끊임없이, 하루도 빠지지 않고 지속하는 거다. 성공을 이뤄 내고 결과물을 만들어 내는 사람은 매일 반복하는 꾸준한 사람이다. 먼지 같은 하루 일과 반복은 눈에 보이지 않는다. 그러나 먼지도 한 달, 두 달 지나면 뽀얗게 쌓이듯이, 루틴도 그렇게 쌓여 가는 거라고 한다. 초반에 에너지를 몰아서 쓰고 뒤로 갈수록 번아웃 되는 나의 특징을 발견하고 알아차렸다. 이제는 뭔가를 시작할 때 최대한 열심히 하지 않으려고 노력한다. 오늘은 딱 5분만, 오늘은 딱 10분만 쓰자고 마음먹는다. 아주 작은 습관을 매일 반복하기로 했다. 가벼운 목표는 실행을 한결 쉽게 만들었다.

2022년 4월, 베트남 하노이. 독서와 글쓰기를 시작하기 전에는 사람들과 잘 어울리기보다 업무 실력을 쌓는 데 힘쓰기로 했다. 인간관계가 어렵게 느껴져 내가 잘할 수 있는, 비교적 수월한 쪽을 선택했다. 독서 습관을 만드는 데 도움을 줄 수 있다는 기쁨에 취해서 1년 2개월 동안 독서 모임을 운영했다. 열정을 다했다. 하지만 시간이 점점 지나면서 나는 번아웃 했다. 코로나 봉쇄는 풀리고 있는 중이었다. 독서 모임 운영을 종료하고 미국 플로리다에 썬샤인 님의 '나다움 찾기' 프로그램 2기에 합류했다. 번 아웃 상태였던 나에게 자기 자신을 알아차릴 수 있도록 도움이 된 강좌였다. 한 달간 MKYU '나다움 찾기' 교양 강좌 20개 강좌를 수강했다. 나 개인의 역사와 미래 설계를 스스로 할 수 있도록 도와주는 프로그램이었다. 1강부터 20강까지 나의 역사를 세세하게 기록했다. 태어나서부터 현재까지 인생 역사 그래프를 그렸다. 그래프로 그려 보니 오르내림이 많은 인생이었다. 시각적으로 확인한 나의 인생은 감당할 만한 일들을 겪고 살았던 걸 알 수 있었다. 그 당시에는 죽을 것 같고 미칠 것 같았는데, 지금은 힘든 감정이 느껴지지 않는 이상한 느낌이었다. 최근 일이 가장 큰 어려움으로 느껴졌다. 인간은 망각의 동물이 맞구나! 안 좋았던 기억을 평생 가지고 살아간다면 힘들어서 못 견디겠지. 잊어버리고 털어 버려야 새로운 삶도 맞이할 수 있는 법이니까. 내 인생 그래프를 손 그림으로 그려 보고 제법 잘 살아낸 것 같아서 스스로 대견하다고 칭찬해 주었다. 지난날 인생 목표였던 브랜드 디렉터의 꿈이 사라지고 난 후 인생 목표가 없어졌다. 인생 목표가 있을 때는 누구보다 열정이 많았고 에너지를 분출하며 일했다. 목표가 사라진 뒤 나는 어디를 향해 달려 나가야 할지 모르는 상태였다. 여전히 나는 쭈뼛거리고 세이프존 근처를 맴돌고 있었다. 어디로 가야 할지, 무엇을 해야 할지, 목적도 목표도 없었다. 내 인생 그래프를 그리는 시간은 나를 알아차리는 계기였다.

앨리스는 "늦었다! 지각이다!"를 외치며 빠른 속도로 뛰어가는 시계 든 토끼를 찾아야만 했다. 앨리스 자신이 어디로 가야 할시 몰랐기 때문이다. 토끼의 목적지로 함께 갈 생각만 했다. 나는 내가 어디로 가고 있는지 모르고 달리고 있었다. 그 끝에 무엇이 있을지 어떤 상황일지 제대로 그림을 그릴 생각을 못 했다. "지각이다! 지각이야!"를 외치며 뛰어다니는 시계 든 토끼에게 무엇이 바쁜지 물어보면 대답해 줄 수 있을까. 내 인생 목적지를 타인이 알려 줄 수 없다. 내가 설정한 목적지가 아닌 타인의 목적지를 따라가게 되면 굴레를 벗어나기 어렵다. 자기 목적성은 개인마다 다를 수 있다. 이러한 요소들을 조합하여 자신만의 방식으로 목적을 찾고 실현해 나갈 필요가 있다.

자기 목적성을 갖기 위해 몇 가지 지켜야 할 단계가 있다.

첫 번째, 자기 이해: 자기 자신을 이해하고 자신의 가치, 관심사, 강점, 약점 등을 파악하고 알아채는 것이 중요하다. 흥미와 열정이 있는 주제, 활동을 찾아 경험한다. 자기 이해를 통해 어떤 것이 진정으로 나에게 중요하고 만족스러운지 지켜보면 알 수 있다. 자기 자신의 감정을 먼저 느끼게 된다. 감정은 중요한 요소다.

두 번째, 목표 설정: 구체적이고 현실적인 목표를 설정하는 것이 중요하다. 목표는 단기적인 것부터 장기적인 것까지 세밀하고 구체적으로 기록한다. 되도록 장기적인 목표는 크고 원대하게 그린다.

세 번째, 열정과 관심: 자기 목적성은 자신이 진정으로 열정을 가지고 흥미를 느끼는 분야나 일을 찾는 것에서 비롯된다. 자신의 열정과 관심이 무엇인지를 찾아보고 그에 따라 행동한다. 내가 그 일을 작게라도 시도해 보고 기분이 좋아지거나 전율이 느껴진다면 시도해 볼 만하다.

네 번째, 계획 수립: 목표를 달성하기 위한 구체적인 계획을 수립하는 것이 필요하다. 계획은 단계적으로 목표에 도달하기 위한 로드맵 역할을 한다. 구체적이고 순서대로 계획을 수립하는 것이 중요하다.

다섯 번째, 노력과 헌신: 자기 목적성을 실현하기 위해서는 노력과 헌신이 필요하다.

여섯 번째, 자기 동기 부여: 목표를 향해 나아가는 동안 자기 동기 부여를 유지하는 것이 중요하다. 어려움에 부딪혔을 때도 자기 동기 부여를 유지하면 좀 더 강력한 목표 달성이 가능하다.

일곱 번째, 자기 성장: 지속적인 학습과 성장을 통해 자기 목적성을 강화할 수 있다. 새로운 기술, 지식, 경험을 쌓아 나가면서 자신을 더욱 발전시킬 수 있다.

여덟 번째, 타인과의 연결: 다른 사람들과의 소통과 협력은 자기 목적성을 찾고 이루는 데 도움이 될 수 있다. 서로에게 영감을 주고받으며 성장할 수 있다.

글쓰기를 알기 이전의 나는 어땠나? 털끝만큼도 남에게 싫은 소리 듣기 싫어하는 사람이었다. 남에게 못 한다는 소리를 들을까 싶어서 미리 정리하고 준비했다. 내가 생각할 수 있는 경우의 수만큼 사전 준비를 하려다 보니 시간이 많이 소요되었다. 나에게 있는 자원은 시간

자원뿐이라는 생각으로 이를 악물고 최선의 결과를 내려고 했다. 그렇게 해서 좋은 결과를 얻었을까? 세상사 어느 한쪽의 관점만으로 현상을 판단할 수는 없다. 사람, 환경, 시점에 따라 다르게 생각할 수 있으니까. 강박 관념처럼 뿌리 깊었던 고정 관념이었다. 열심히 성실히 최선을 다해서 일해야 한다는 신념이 있었다. 항상 시간에 쫓기고 세상일 혼자 하는 듯이 시키지도 않는 일을 자진해서 도맡아 했다. 그런 행동도 불안 때문이라는 걸 이제는 안다. 그런 강박증이나 불안한 생각은 저 멀리 보내 버렸다. 지금 이 순간 내가 해야 할 일에 집중한다. 해야 할 일을 다 하고 난 뒤, 다음 단계를 생각하기로 했다. 생각을 바꾸고 실행하고 경험한 뒤, 수정해서 다시 실행하고 결과를 만들어 가는 과정이 인생이다. 스스로 탐색하고 생각하지 않다 보면 자연스레 자기의 생각의 중심을 잡고 말하는 게 어려워진다. 생각하고 사는 것이 아니라 사는 대로 생각하게 된다. 손으로 쓰는 행동은 뇌에 자극을 주는 강력한 활동이다. 생각을 정리하고, 감정을 느끼며 행동하고, 행동의 결과를 확인하기에 가장 좋은 방법은 글쓰기이다. 글을 쓰는 행위는 삶의 방향을 짚어 볼 수 있는 강력한 도구이다.

지금 이 순간 "큰일이다! 지각이다!"라며 뛰고 있는 건 아닌지 하루 한 번 일기 쓰기로 잠시 멈춘다.

쓰면서 나를 발견하다

김지연

버킷리스트, 소망 목록, 죽기 전에 꼭 해야 할 일이나 하고 싶은 일들에 대한 리스트.

언제부턴가 버킷리스트 열풍이 불기 시작했었다. 사람들은 너도나도 버킷리스트를 작성하고 이루어질 날을 기대하면서 즐거운 상상을 했을 것이다. 사실 버킷리스트라는 이름이 수면 위로 올라와 유행했을 뿐, 꼭 이루고 싶은 소망은 예전부터 존재했었다. 인간이라면 누구나 좋아하는 것, 이루고 싶은 것이 있기 때문이다.

국민학교 시절, 나는 유독 반 친구들을 불러 모아 영화 이야기 들려주는 것을 좋아했다. 시골에서 자랐지만 영화광이던 아빠 덕분에 비디오 가게라고 불리던 비디오 대여점에서 수많은 영화를 비디오로 빌려다 보았다. 아빠가 '한 프로 하자!' 하는 날이면 어떤 영화를 볼까 두근두근 설렜다.

〈바람과 함께 사라지다〉, 〈대부〉, 〈벤허〉, 〈스팅〉 등 죽기 전에 꼭 봐야 하는 명화부터 주인공이 성냥개비를 물고 등장하는 홍콩 느와르, 명콤비가 등장하는 할리우드 형사물, 〈원스 어폰 어 타임 인 어메리카〉 같은 서부극. 보면 잠 못 이루는 공포물까지. 안 본 영화를 찾는 게 더 쉬울 정도였다. 희한하게도 본 것으로 만족하지 못하고 학교에 가면 꼭 아이들을 불러 모았다. 아이들에게 전날 본 영화를 쉴 새 없이 이야기해 주기 위해서였다. 시골 아이들은 영화 이야기에 푹 빠져 내가 영화를 보고 오는 날을 기다리기까지 했다. 영화 이야기를 들으며 기대에 가득한 초롱초롱한 눈으로 귀 쫑긋 세우는 친구들을 보면서 아마 나도 힐링했으리라.

시골에 있던 나의 모교는 한 학년에 한 반씩 6학년까지 모두 여섯 반이 전부였다. 1학년 때 한 반이었던 친구들이 6학년 때까지 계속 같은 반으로 지내게 된다. 나는 그곳에서 5년 동안 반장을, 6학년 때는 전교 회장을 하였다. 늘 리더인 것이 당연하다고 생각했다. 혹시라도 누군가가 따돌림을 받는다면 가만히 두고 보지 못했다. 아이들을 챙기는 것이 좋았고, 모르는 문제가 있으면 알려 주고 싶었다. 내가 다른 사람에게 도움을 주거나, 나로 인해 다른 사람이 조금이라도 변화하면 진심으로 흥분이 되었다. 성인이 된 지금, 글로 다른 사람을 돕고 싶은 내 소망은 어쩌면 국민학교 시절부터였는지도 모르겠다.

한 살, 두 살 나이를 먹고, 어느덧 마흔을 훌쩍 넘겨 독서와 글쓰기로 아이들의 성장을 돕는 일을 하고 있다. 아이가 책을 읽고 글을 쓰면서 학습 능력 향상뿐만 아니라 정신적으로 성숙하는 과정을 지켜보면서 나의 일에 확신을 갖게 되었다. 나를 인정해 주고 지지해 주는 학부모들을 보면서 행복하고 설렌다. 그러던 중, 문득 생각했다. 내가 정말 하고 싶었던 것이 무엇일까? 내가 진짜 희열을 느끼는 일을 하고 있을까? 일에 대한 확신이 있다면 이것을 더 많은 사람에게 알려야 하지 않을까? 좋은 것은 함께해야 하는 법. 그 옛날, 재미있고 감동적인 영화 이야기를 친구들에게 들려주고 싶어 안달이 났던 것처럼, 많은 아이가 독서와 글쓰기를 통해 성장할 수 있도록 글로 선한 영향을 주고 싶었다. 그러고 보면 매년 나의 다이어리의 첫 장, 버킷리스트에 '나의 이름으로 책 한 권 내기'라고 항상 적지 않았던가! 그렇게 출간된 나의 개인 저서는 많은 학부모에게 독서 교육에 관한 도움을 주고 있다.

삶은 속도가 아니라 방향이라고 한다. 결과보다는 과정이 중요하다고도 말한다. 속도와 결과가 중요한 순간도 분명히 있을 것이다. 하지만 빠르게 그럴싸한 결과를 냈더라도 그 결과로 모든 게 끝나는 것은 절대로 아니다. 삶은 '끝'보다는 '계속'이라는 명사가 훨씬 더 적합한 곳이기 때문이다.

내가 정한 방향과 나의 속도로 나아가면 그것으로 충분하다. 그 방향이 내가 진심으로 좋아하고 행복한 쪽이라면 속도와 결과는 중요하지 않다. 내가 정한 내 삶의 방향은 다른 사람이 조금 더 행복하게 더 나은 삶을 살아갈 수 있도록 도움을 주는 것이었다. 그러기 위해서 글을 쓴다. 시골 초등학교, 넘어지면 코 닿을 교실에서 매일 만날 수 있는 친구들이 아니라 물리적으로 만나지 못하는 사람들에게도 나의 메시지를 전할 방법, 그것이 바로 글쓰기였다.

　순서는 상관이 없다. 글을 쓰면서 나를 들여다보고 나를 발견할 수도 있다. 매일 글을 쓰다 보면 긍정적인 생각의 징검다리를 건널 수 있다. 글을 쓰면서 나를 돌아보고 나를 그려 나갈 수 있다. 글을 쓰다 보면 지금까지 보지 못했던 사물의 이면, 이치를 발견하게 되고 평소의 생각을 뛰어넘는 더 큰 생각 상자가 열리기도 한다. 삶은 '계속'이라고 말했듯이 아직 완벽하게 빚지 못한 나를 글을 쓰면서 점점 다듬게 된다. 그 과정에서 나다움을 찾는다.

　글을 쓴다는 것은 가만히 생각하는 과정이다. 머릿속에 복잡한 미로를 간단하게 정리하는 일이다. 혹은 아직 아무것도 그리지 않은 백지에 밑그림을 그리는 과정일 수도 있다. 글을 쓰면 어떤 일이 일어날까? 진짜 나를 발견할 수 있다. 내가 좋아하는 것, 잘할 수 있는 것, 하면 행복한 것, 안 하면 미칠 것 같은 것, 잃어버리고 살던 것을 다시 찾을 수 있다. 그 과정에서 내 삶을 정교하게 빚을 수 있다.

　쓰면 쓸수록 더욱 명확해지는 방향 지시등을 볼 수 있다. 눈앞에서 깜박이며 좌회전 우회전 방향을 알려 준다. 혹은 지금 가는 방향이 틀려도 괜찮다고 말해 준다. 쓰면서 얼마든지 또 다른 방향을 알 수 있기 때문이다.

내가 진심으로 원하던 삶이 무엇인지 진지하게 고민하던 날, 내 다이어리 속 버킷리스트에 집중하던 날, 내가 잘살고 있는지 되짚어 보던 날, 글 쓰는 삶을 살게 해 준 그날에 감사한다. 삶의 방향을 점검하는 일은 내가 스스로 하지 않으면 일어나지 않는다. 잘못된 내비게이션 경로를 재설정하는 것도 내가 해야 한다.

흘러가는 대로가 아니라 내가 생각하는 대로, 내가 쓰는 대로, 쓰기 위해 또 생각하는 대로, 나를 발견하는 시간을 가졌으면 좋겠다. 다른 사람을 위해서든 나를 위해서든 글쓰기는 긍정적인 에너지를 발휘한다. 연필과 키보드가 남기는 흔적으로 많은 사람이 자신을 발견하고 삶의 방향을 설정하고 삶의 힌트를 얻길 기대해 본다. 쓰면서 더욱 선명해지는 나의 길을 발견할 수 있을 것이다. 내가 그랬듯이.

무엇보다 쓰는 순간 행복하다. 오늘은 나의 글에 어떤 사람들이 마음의 귀를 쫑긋할지 설렌다. 어떤 이야기로 삶을 재단해 나갈지 재잘거리고 싶다. 어린 시절 교실에서 들려주었던 영화 이야기처럼 말이다.

글쓰기는 멈춤이다

김홍선

"당신 또 접수 안 했어?"

아내의 날카로운 한마디가 뇌리를 때린다. 머리가 하얘진다. '멈추어야 했는데, 멈추어야 했는데….' 지난 트라우마가 떠오른다.

벌써 20여 년이 다 되어 간다. 잘 다니던 제약회사 연구원을 그만두었다. 천상 문과 적성인 내가 7년을 버틴 것도 기적이었다. 질식하기 일보 직전이었다. 그래도 대책 없이 그만둔 것은 아니다. 2년 전부터 변리사 시험을 준비하고 있었다. 근무가 끝나면 강남 학원으로 향하는 힘든 나날이었다.

컴컴한 동네 고시원. 낮에는 혼자다. 당장 생계가 막막한 두려움을 15시간 동안 변리사 공부하면서 이겨 나갔다. 잠시 쉬는 시간. 가벼운 산책이 꿀맛이건만, 공부를 놓는 순간 차가운 현실이 밀려든다. 공부하는 것이 더 마음 편했다. 두려움을 이겨 내기 위해 머릿속에 공부

이외의 것은 삭제하려 애를 썼다. 1차 시험 일정이 발표되었다. 열심히 하는데 마음 한편이 찜찜하다. 그럴수록 나를 몰아붙였다. 시험이 2주 남은 아침, 서늘한 한 자락의 생각이 스친다. '접수했나? 설마……' 등 골이 서늘하다. 떨리는 손으로 핸드폰을 집어 들고 시험 접수 사이트에 들어갔다. 없다. 이름이 없다. 내 이름이 없다. '헉!' 누가 뒤에서 목을 조른다. 머리가 텅 빈다. 시험은 '밑 빠진 독에 물 붓기'다. 아무리 열심히 해도 망각을 이길 수 없다. 또 일 년을 어떻게 다시 하지? '멈추어야 했는데……'

10년이 흘렀다. 많은 일이 일어났다. 변하지 않은 것은 나는 여전히 공부 중이라는 사실뿐이다. 어린이집을 운영하고 있다. 모든 것이 안정되었다. 평온한 일상을 즐길 만도 한데, 또 공인중개사 공부 중이다. 공부는 만만치 않은 현실의 도피처가 되었다. 2차를 준비 중이었다. 공교롭게 또 시험을 2주 앞두고 있었다.

"당신 접수했지?"

전작이 있는지라 아내가 걱정스럽게 한마디 던진다. 그 말에 가슴이 덜컹 내려앉는다. '이건 뭐지!' 익숙한 감정이다. 스마트폰을 잡은 손이 떨리기 시작한다. '에이, 아니겠지, 어떻게 두 번이나!' 접수 사이트에 들어갔다. 없다. 또 이름이 없다. 급히 고객센터에 전화했다.

"방법이 없을까요?"

"국가고시라 저희도 어쩔 수 없어요. 내년에…"

상담원이 말을 잇지 못한다. 1년 더 했다. 아내와 나만 아는 사실이다. 1년 기간 동안 많은 생각을 했다. '잠시 멈추어야 했는데…' 명상을 10여 년 한 덕분에 이겨 냈다.

글쓰기를 시작하고 나서는 이런 일이 일어나지 않는다. 이 경험은 글쓰기를 이런 정의를 내리게 했다. '글쓰기는 멈춤이다'. 내가 글을 쓰는 이유는 멈추기 위해서다. 화가 났던, 속도에 미쳐 있던, 두려움에 얼어붙던 쓰는 순간 멈춘다. 폭발할 것 같은 화가 멈추고 천천히 식는다. 속도에 미쳤던 자신을 멈추고 돌아본다. 멈추고 쓰는 순간 두려움의 괴물은 바람이 빠지고 팩트만 남는다.

"아버님, 성진이가 아직 등교하지 않았어요."

피가 역류한다. '벌써 몇 번째야? 이 자식, 아주 요절 내 버릴 테다!' 급하게 아들에게 전화한다.

"왜 학교 안 갔어?"

"아파요. 아픈데 너무하는 것 아녜요?"

도리어 화를 낸다. 몸에 있는 구멍이 다 막히는 것 같다. 거친 단어들이 목구멍을 타고 넘어오는 것을 간신히 밀어 넣었다. 집에 와 아이 방문을 열어 보니 게임에 빠져 정신이 없다. 소리를 지르며 활력이 넘친다. 아침에 다 죽어 가던 목소리를 찾을 수 없다. 속에서 뜨거운 것이 울컥 올라온다. 조용히 방문을 닫고 노트북을 켠다. 자판에 손을 얹어 놓는다. 손가락이 춤을 춘다. 평소에는 시작이 힘들었는데, 화면에 평소 보지 못한 단어들이 난무한다. 감정이 진하게 묻어난다. 한참을 쏟아내니 뜨거운 돌덩이가 식는다.

저녁 밥상 앞. 성진이 이마를 만져 보고 걱정스러운 표정을 하고 한마디 한다.

"몸은 좀 괜찮니?"

"아, 오늘 힘들었어요."

조금 전 게임을 하던 모습은 보이지 않는다. 옆에 있던 아내와 어머니는 고개를 젓는다. 속이 부글부글 끓지 않는다. 이미 다 토해 냈기 때문이다. 알면서도 씩 웃으며 한껏 자상한 아빠가 된다. 멈추고 글을 쓴 덕분이다.

글쓰기는 멈춤의 과정이다. 멈추고 글을 쓰면 보이지 않던 것이 보인다. 속도에 미쳐 접수조차 잊었던 경험. 지금은 쓰면서 보인다. 생존이 걸린 시험. '너무 무서워서…' 속내를 드러낸다. 30대의 내가 지금의 나에게 털어놓는다. 일상이 된 아들의 지각에 필요한 것은 질책이 아니라 더 많은 사랑이라는 것이 보인다. "힘들었지." 살뜰히 반찬을 챙겨 주고, 따뜻한 말 한마디를 건넨다. 내심 눈치를 살피던 아들의 얼굴이 밝아진다. "죄송해요." 저녁을 먹고 일어나는 녀석이 한마디 한다. 잠을 설쳐서 늦게 일어났다고 한다. 그래서 혼날까 봐 학교에 가지 않았다고 했다. 다음부터는 조심하겠다고 한다. 나무라는 소리 한마디 하지 않았다. 단지 반찬을 살뜰히 챙겨 주고, 따뜻한 말 한마디 건넨 것뿐인데…

성격이 급하다. 욱하고 화를 내고 돌아서면 바로 후회한다. 글쓰기

는 감정에 흔들리는 나를 단단히 잡아 준다. 멈추고, 바라보고, 받아
들인다. 그 덕분에 나는 올바른 방향으로 가고 있다. 글쓰기는 과성이
고 멈춤이다. 글쓰기는 내면의 소리를 듣는 이어폰이다. 글쓰기는 자
신과 대화하는 마이크다.

조금 더 나아질 수 있다

박정미

사람은 쉽고 편한 일, 해 오던 일만 하려는 경향이 있다. 좀 더 나아질 수 있음에도 불구하고 어렵고 힘든 일은 잘 하려고 들지 않는다. 해 오던 일만 했을 때 발전은 기대할 수 없다. 변화와 성장은, 새로운 일을 시도할 때 찾아온다. 편하다는 이유로 만만한 일만 계속해 왔다면 조금 어렵고 힘든 일도 한번 도전해 보자.

핸드폰이 울렸다. K 선생님이었다. 몇 년 전 함께 일했던 적이 있다.

"선생님, 안녕하세요."

"예, 반가워요. 그동안 잘 지내셨어요?"

반가운 마음에 내 목소리 톤이 올라갔다. 그동안 안부를 주고받았다. 잠시 뒤 선생님이 용건을 말했다. 지금 있는 학교에서 얼마 후면 방과 후 강사 모집을 할 예정이라고 한다. 혹시 자기 학교에 강사로 지원할 생각이 없는지 묻는다. 내가 떠올랐다고 한다. 그 학교에 내가 오면 좋겠다고 말했다.

"선생님, 현재 주중 5일 모두 학교에 나가고 있어서요. 시간이 안 될 것 같아요."

"아, 아쉬워요. 그럼 안 되겠네요. 알겠습니다."

"선생님, 잠깐만요! 시간을 잘 조정하면 할 수도 있을 것 같아요. 한번 생각해 보고 제가 전화할게요."

전화를 끊으려는 찰나, 나도 모르게 할 수 있을 것 같다는 말이 튀어나왔다.

주중 세 학교에 나가고 있다. 한 곳은 차를 타고 30분 정도 가야 하는 시골에 있다. 수강 인원은 열 명도 채 안 된다. 이 년 동안 이곳에 다니면서 계속 이 학교에 다녀야 할지 말아야 할지 고민했다. 처음부터 그곳에 갈 생각이 별로 없었다. 기존 강사가 갑자기 그만두는 바람에 급히 강사를 구한다는 학교 측의 연락을 받고 가게 된 곳이다. 수고로움에 비해 받는 보상이 얼마 되지 않는다. 거리가 멀고 보수가 적어서 그렇지, 수업하기에는 별문제가 없다. 아무래도 학생 수가 적기 때문이다. 하지만 먼 그곳까지 굳이 가야 하나 싶었다. 차라리 그 시간에 다른 일을 하는 것이 더 낫겠다는 생각도 들었다. 결정을 내리지 못하고 시간만 흘러갔다. 그때 전화가 온 것이다.

통화를 하며 짧은 순간 머릿속이 빠르게 돌아갔다. 먼저, 주 1회 가는 시골 학교를 그만둔다. 다른 한 곳은 잘되고는 있지만, 복잡한 시스템으로 인해 신경 써야 할 것이 많은 학교다. 이 학교에는 수업을 이틀

나간다. 이틀을 하루로 줄여 시골 학교 가는 날로 변경한다. 제안 온 학교 수업을 그 시간에 집어넣는다. 이렇게 하면 새로운 학교 수업도 가능할 것 같았다.

연락이 온 학교는 생긴 지 얼마 되지 않은, 시내 학교 중 가장 큰 학교다. 새 아파트 단지가 밀집한 곳에 있어 학생 수가 다른 학교보다 세 배 정도 많다. 당연히 방과 후 수강생도 더 많을 것이 분명하다. 한편, 이 학교는 몇 년 전 강사 모집 공고를 보고 지원했다가 떨어진 학교다. 분명히 내가 선정될 것이라고 확신했는데, 그렇게 되지 못했다. 안 좋은 기억으로 남아 있다. 이곳에 다시 지원할지 말지 고민되었다. 하지만 이건 감정의 문제다. 냉정하게 판단해야 했다.

학생들이 많은 학교에 가면 더 많은 아이를 만날 수 있다. 학생 수가 많은 만큼 고생할 것이 뻔하다. 젊은 엄마들이 많은 학교라, 사소한 일에도 민원이 자주 발생한다는 얘기도 자주 들었다.

학생 수가 적은 학교에서 그냥 하던 대로 편하게 일할지 아니면 새로운 학교로 옮겨 비록 힘은 들겠지만, 한번 부딪혀 볼 것인지 결정해야 했다. 머릿속 생각이 며칠 동안 떠나질 않았다. 계획한 대로 한다면 너무 무리한 결정이 아닐까, 하는 생각도 들었다.

고민을 계속해도 해결되지 않자, 종이를 꺼내 글로 적어 보았다. 지금 다니고 있는 학교 그대로 계속해서 올해도 다닐 경우와 새로운 학교에 도전해서 합격해서 다닐 경우, 둘의 장단점을 쭉 적어 보았다. 다른 사람을 많이 도우려면 사람이 많이 있는 곳으로 가는 게 맞다. 한 사람에게도 더 노움을 줄 수 있는 곳이 있다면 그곳으로 가는 것이 마땅하다는 결론이 나왔다.

충분히 할 수 있는 능력이 있음에도 시도조차 해 보지 않고 편한 길만 걸어왔다. 새로운 일에 도전해 보지 않으니 내가 그 일을 감당할 능력이 있는지 없는지조차 잘 몰랐다. 그렇다고 어려움이 없었던 것은 아니지만, 진정 최선을 다했냐고 묻는다면 그렇다고 자신 있게 대답할 수 없다. 한 번도 제대로 된 노력을 기울여 보지 않았다.

지원서를 내 보기로 했다. 막상 지원서를 내더라도 합격이 안 될 수도 있다. 온전히 내 계획대로 된다는 보장도 없다. 하지만 한 번 시도해 보기로 했다. 새로운 도전 앞에서 늘 망설였다. 이래서 안 될 것 같고, 저래서 안 될 것 같았다. 안 될 요인부터 찾았다. 하던 대로만 했다. 개선의 의지가 없었다. 삶은 별반 나아지지 않았다.

되든 안 되든 한번 부딪쳐 보기로 했다. 다음 주에 원서 접수가 시작된다. 기존 학교에 그만둔다고 말하고, 서류를 준비하고 서류 심사에 면접까지 봐야 한다. 번거로운 일이 분명하다. 하지만, 변화하려면 번거로움도 기꺼이 받아들여야 한다.

하던 일이 쉽고 만만해졌다면 좀 더 어려운 일, 내 힘에 조금 더 버거워 보이는 그런 일을 해 보자. 그렇게 나의 현재 능력보다 조금 더 높은 일을 시도하고 극복하는 과정에서 우리는 더 나아질 수 있다. 새로운 일에 도전해 보자. 안전지대 밖으로 한걸음 내디뎌 보자. 글을 쓰며 생각을 정리해 본다.

또 다른 길을 알려 주는 나침반

이은설

나 자신을 소중히 여겨야 한다. 왜냐하면 나 자신을 아끼고 보살필 사람은 이 세상에 나 자신밖에 없기 때문이다. 또한 나는 세상에서 가장 소중한 존재다. 내가 없으면 내 주위 모든 것이 나에게는 의미와 가치가 없기 때문에 나 자신을 소중히 여겨야 한다.

가만히 있어도 묵직하게 아팠다. 며칠 전부터 등을 기준으로 오른쪽 팔과 어깨가 내 몸이 아닌 것 같았다. 신경은 예민해지고, 수시로 짜증이 났다. '왜 그렇지. 이상하네. 잠을 잘못 잤나.' 나는 반듯하게 누워 자는 편이다. 잠을 잘못 잔 것 같지는 않았다. '이상하다. 왜 아프지. 며칠 있으면 낫겠지.' 몸에서 신호가 오면 병원을 찾기보다는 버티는 편이다. 시간이 지나면 원상 회복되기도 했다. 근무하면서 병원을 가려면 시간을 내야 하고, 그 시간만큼 할 일에 공백이 생긴다는 생각으로 병원 한 번 마음먹고 가지 않았다. 견딜 만한데 병원 가는 것은 시간과 돈, 의료 행위의 낭비라고 생각했다. 열이 나거나 위급한 상황이면 병원을 찾아야겠지만, 이 정도 아픈 것으로 병원 갈 일은 아니라고 생각했다. 며칠 동안 견뎠지만, 통증은 점점 심해졌다. 가만히 있어도 짜증이 날 정도였다. 어느 날 아침, 문득 승합차 문을 여닫는 반복 동작이 무리였다는 생각이 들었다. 그러고 보니 두 달 가까이 보조 송영만 했다. 어르신이 집에서 나오면 승합차 문을 열고 체온 체크 후, 자리로 모신다. 손 소독을 마치면, 안전띠를 채우고 승합차 문을 닫는다. 한 분 모시는 데 두 번 문을 여닫게 된다. 코스에 따라 차이가 있지만 매일 열 분 정도 차에 모신다. 1, 2차로 모실 경우는 스무 분 내외가 된다. 조수석 문을 열고 내려서 승합차 뒷문을 열고 어르신을 태우고 문을 닫은 후 조수석 문을 열고 다시 닫는다. 계속 오른팔만 사용하다 보니 몸에 무리가 간 것이다.

8월 1일부터 주간보호센터에 근무했다. 오전 8시부터 오후 2시 반까지 6시간 근무를 한다. 면접 볼 때 운전 가능자라고 해서 스타렉스 25년 운전 경력이 있다고 했다. 입사하면 바로 차를 운행할 줄 알았다. 언제쯤 운전을 시킬까 기다렸다. 운전시키면 안전 운행 할 자신이 있었지만 언제 운전한다는 언질도 없었고, 운전할 수 있는 날은 기약이 없었다. 운전자 보험 적용이 되지 않기 때문에 올해 안으로는 운전하기 힘들 것 같다는 말을 선임한테 들었다. 기존 직원 세 사람은 한 주일씩 돌아가면서 운전과 보조 송영을 번갈아 했다. 그들처럼 운전과 보조 송영을 번갈아 하면 몸이 아프지 않을 것 같았지만, 그것은 나의 바람이었을 뿐이다. 9월 중순까지 운전대를 잡지 못하고, 한 달 이십

일 정도 보조 송영만 하게 되었다. 운전은 하지 못하고, 하루하루 힘들고 스트레스가 쌓였다. 매일 있었던 일과 느낀 점 내 생각을 일기장에 적으며 그날을 마무리했다.

팀장과 면담했다. "팔이 아파서 보조 송영만 하라고 하면 일을 못 할 것 같습니다." 그 말을 들은 팀장은 병원을 가 봤느냐고 물었다. 아직 가 보지 못했다 대답했다. 그날 퇴근 후 만사 제쳐 두고 병원에 갔다. 번호표를 뽑고 기다리면서 특별한 병이 아니길 빌었다. 사람들이 많아서 삼십 분은 족히 기다린 것 같다. 간호사가 내 이름을 불렀다. 의사는 몇 마디 묻지도 않고 내 이야기를 듣더니, 바로 엑스레이 촬영을 하고 오라고 했다. 2층 초음파실로 갔다. 접수증을 보이니 직원이 탈의실에서 옷을 갈아입고 오라고 한다. 입었던 옷을 겉옷부터 하나씩 벗어 옷장에 넣고 병원 가운을 갈아입었다. 옷장 문을 잠그고 거울을 봤다. 많이 아파 보인다. 몸이 아프니 얼굴은 더 아픈 것 같다. 촬영실로 갔다. 팔과 어깨를 여러 방향에서 이리저리 동작을 바꾸어 가며 사진을 찍었다. 무탈하기를 바라면서 직원이 시키는 대로 했다. 촬영이 끝나고 옷을 갈아입었다. 겨울이라 옷을 여러 개 입고 있어서 시간이 걸렸다. 대기실로 와서 기다렸다. 내 이름을 불렀다. 의사는 내 얼굴을 힐끗 한 번 보더니 다시 엑스레이 사진을 살폈다.

"사진상으로는 별다른 이상이 없습니다. 보름치 약을 줄 테니 먹고 괜찮으면 잊어버리고 만약 아프면 다시 오세요."

의사의 말 한마디에 마음이 놓였다. '에이, 별일도 아닌데 괜히 걱정했네.' 속이 후련했다. 처방전을 받아 약국으로 갔다. 보름분 약을 받아서 집으로 왔다. 약 보따리를 보니 서글픈 마음이 밀려왔다. 약 한 봉지를 꺼냈다. 이번에는 약을 아침저녁 빠지지 않고 챙겨 먹었다. 어느 날부턴가 통증이 사라졌다. 이제는 살았다는 생각이 들었다. 통증이 사라지니 뭘 해도 할 수 있을 것 같았다. 다행함과 안도감이 마음 속에 자리 잡았다.

내가 송영해야 하는 자리에 사무실 이 과장이 대신했다. 이튿날부터 송영을 나가지 말라 하고 원장과 면담했다. 원장은 내 몸이 노화되어서 그렇다고 했다. 앞으로 어떻게 할 건지 물었다. 주간보호센터에 근무하면서 다른 사람에게 민폐를 끼치는 것이 가장 싫었다. 노화가 되어 그렇다고 하는 원장에게 매달리며, 근무하게 해 달라고 사정하고 싶지 않았다. 사정한다고 될 일이 아니라고 생각했다. 그만두기로 했다. 나이가 많다는 말을 대놓고 하지 않았지만, 그 의중은 알아차릴 수 있었다. "어르신 케어를 잘하면 뭐 해, 몸이 아픈데…"라면서 원장은 말끝을 흐렸다. 근무는 계약 만료와 함께 그만두어야 했다.

아침에 어르신들이 센터에 도착하면 외투를 받아서 옷장에 넣고 따뜻한 물 한 잔을 드린다. 어르신들이 전부 등원하는 10시경에는 강남 모 한방병원에서 협찬해 준 쌍화차를 따뜻하게 데워서 드렸다. 몇 분은 쌍화차가 입에 쓰다고 드시지 않았다. 나를 위해 드시지 말고 자식을 위해서 드시라고 했다. 부모님이 식사 잘하시고 아프지 않아야 자식들이 마음 놓고 일할 수 있다고 말씀드렸다. 쌍화차를 남긴 어르신들 몇 분은 그 말을 듣고, 고개를 끄덕이며 억지로 다 드시기도 했다. 11시 반 경에는 점심시간에 사용할 양치 컵과 칫솔을 챙기는 것이 나의 일과였다. 두 군데 세면장에 치약 묻힌 칫솔과 양치 컵을 준비했다. 점심 식사 시간에는 수저를 잘 움직이지 못하는 어르신 식사 수발을 했다. 식사를 마치는 순서대로 한 분씩 모시고 세면장으로 가서 양치를 도와 드렸다. 근무 마지막 날, 오후에는 가요 교실 시간이었다. 미리 선임에게 귀띔했다. 간다고 인사는 해야 할 것 같았다. 어르신들이 노래를 한 곡씩 부르고 마칠 무렵, 인사를 했다. 어르신들은 갑작스러운 소식에 어리둥절하셨다. 인지가 좋은 영숙 어르신은 아까운 사람 보낸다고 아쉬워하셨다. 매일 어르신들과 함께하면서 짧은 기간이었지만, 정이 든 것 같다. 한 분 한 분 손을 잡고 건강히 지내시라고 했다. 평소에 남을 배려하고 양보를 잘하시던 경분 어르신이 "선생님, 이렇게 빨리 가실 줄 몰랐습니다. 아무것도 해 주지 못해 미안합니다." 하시며 내 손을 잡고 오래도록 놓지 않았다. 나의 퇴사를 미리 알고 계셨던 재숙 어르신은 시집 한 권과 손수 만든 수제 비누를 선물로 주셨다. 어르신께 아무것도 준비하지 못하고, 생각지도 못한 선물을 받고 보니 손이 부끄러웠다. 만나고 헤어짐이 인연 따라가는 것으로 생각했다. 주신 마음 잊지 않으려고 블로그와 인스타그램, 일기장에 기록했다.

나 자신을 소중히 여기자. 소중히 여겼다면 노화의 속도가 좀 더 느렸을까. 노화의 속도가 빠르거나 늦은 것은 상관이 없다. 중요한 것은 노화를 달력 나이 기준으로 한 것이다. 달력 나이는 숫자에 불과하다.

숫자에 연연하고 싶지 않다. 나에게 남은 의지와 열정으로 다시 도전한다. 하나를 가지기 위해서는 내 손에 있는 하나를 놓아야 한다. 나침반을 다시 반듯하게 놓는다. 새로운 길을 알려 주는 나침반을 보며 오늘도 나는 도서관에 가기 위해 집을 나선다.

나를 돌아보는 여유

이은정

보이차를 진하게 우렸습니다. 찻잔 바닥이 보입니다. 나무 향이 납니다. 마시기도 전에 취합니다. 고개를 드니, 창밖으로 보이는 동네가 조용합니다. 차의 색과 향과 맛에 빠져듭니다. 일상을 되돌아보며 현재 내 마음과 대화하는 시간이죠. 다만, 잊어버립니다. 기록해 두지 않았으니까요. 순간의 경이로운 느낌을 남기고 싶었습니다. 종이에 적기 시작했죠. 마음이 전하는 메아리에 귀를 기울이면서. 글로 쓰니, 느낌의 표현을 넘어 나와 깊은 대화를 시작할 수 있었습니다. 마음 안에서 꿈틀대는 기쁘고 사랑스러운 느낌을, 어떨 땐 슬프거나 두려운 것들을 있는 그대로 적었거든요. 그 순간의 감정과 생각을 종이 위에 풀어 놓은 거죠. 마음에 가득 찬 내 감정과 마주합니다. 때론 아프기도 하고, 때론 위로가 되기도 하죠. 정신 차리고 나서야 비로소 그것들이 이해됩니다. 메모하고 낙서하면서 그날의 감정을 알아차립니다. 해결되지 않았던 감정의 찌꺼기들이 무엇인지. 넘어서야 할 건 무엇인지 등 성찰의 시간임을.

　무언가를 적으면서 부정이든 긍정이든 현재의 감정을 받아들이고 인정하게 되었습니다. 의도한 건 아니었죠. 물론 계획된 결과는 더더욱 아니었고요. 처음엔 알아채기는커녕 그저 그림처럼 보이는, 그야말로 낙서였죠. 아무런 의미도 없는. 꾸준히 하다 보니 공통점들이 보였어요. 언짢은 일이 있거나 짜증이 올라올 때 더 많은 끄적임이 있음을. 누군가 나의 의도를 오해하거나 왜곡했을 때 억울하고 서운했습니다. 그걸 못 견딘다는 걸 알았죠. 오해를 푸는 방법에 익숙하지 않았는지 그냥 넘기곤 했거든요. 결과적으로 오해를 풀지 못해 관계가 깨져 버린 적이 있었습니다. 그땐 그랬거든요. '굳이 설명해야 아나? 내가 진실하면 그걸로 된 거 아닌가?'라고. 그들과 관계 맺어 온 세월로 보면 내 마음을 알 거라 착각했던 겁니다. 오산이었죠. 그 상황으로부터 어떻게 해야 하는지 막막했습니다. 그때부터였던 것 같습니다. 무작정 쓰자고 결심한 게. 징징거리는 나를 알아차리면 그걸 종이에다 적었죠. 쓰다 보니 어느 순간 이해되더군요. 어떤 선택과 행동을 해야 하는지 통찰할 수 있었습니다.

　초보 강사 때, 강의하기로 했던 복지관에서 갑자기 취소 통보를 받은 적이 있었지요. 처음 겪는 일이라 당황스럽기도 하고 화도 났죠. 이후 일정에 차질이 생겼거든요. 미리 계획했던 일련의 일들이 일그러지니 허탈하고 맥이 빠졌죠. 이게 맞나 싶다가도, 생각에 사로잡히면 아무엇도 할 수 없었습니다. 머리만 더 복잡해졌지요. 그래도 내 잘못이 아니니 '괜찮아'라며 스스로 위로했습니다. 뭐가 됐든 떠오르는 걸 마구 적어 보았죠. 먼저 깊게 숨을 들이마시고 내쉬기를 몇 차례. 잠시 멈추고는 '이런 상황에 어떻게 해야 하지?', '지금 난 어디에 서 있는 거지?', '내가 진짜 원하는 게 뭘까?' 질문했죠. 그리고 흰 종이를 펼쳤습니다. 질문에 답하면서 현재 나의 마음과 감정을 솔직하게 적었습니다. 아프고 서러운 마음에 몇 번이나 울컥했습니다. 어쩌다 두렵고 불안한 마음에 사로잡히면 숨쉬기조차 힘들었지요. 어느 순간 회의적이다가도, 가능성이 있을지도 모른다는 희망의 마음이 교차합니다. 손이 가는 대로 무작정 끄적인 결과죠. 신기하게도 내면 깊숙한 곳에 숨겨진 감정들과 만난 걸까요. 질문하고 답하는 과정은 내 마음과 정신을 관찰하는 나침반이 된 겁니다.

내 방으로 들어가는 문에 3M 전지가 붙어 있습니다. 오며 가며 떠오르는 것들을 적어 두죠. 어린 시절에 꾸었던 꿈, 학창 시절의 열정 그리고 삶의 중요한 전환점들이 생각날 때마다 전지(방문) 앞으로 갑니다. 볼펜이든 연필이든 손에 잡히는 걸로. 가끔 포스트잇에 적어 붙여 놓거나, 쪽지에 메모해 둔 것을 모퉁이에 붙여 두기도 합니다. 지금, 이 순간 느낌이나 감정을 메모해 두는 거죠. 앞으로 어떤 삶을 살고 싶은지, 내가 이루고자 하는 꿈이 무엇인지 등과 같은 질문에 대해 답을 해 보기도 하고요. 종종 미래의 나에게 편지를 쓸 때도 있습니다. 편지를 쓰는 날엔 신이 납니다. 내가 걸어온 삶이 파노라마처럼 재조명

되거든요. 과거를 돌아볼 수 있고요. 현재의 나를 이해하는 키를 찾을 수 있답니다. 당시의 경험들은 현재 나에게 교훈과 통찰을 선물한 거죠. '그 순간 알아차려야 했어. 다시는 반복하면 안 돼!'라며 조언합니다. 때로는 '그건 네 잘못이 아니야. 힘내!' 위로를 건네기도 하고요. '이젠 매 순간 알아차릴 수 있어!'라며 기대와 희망을 주니, 동기 부여도 되었지요. 3M과의 소통은 새로운 시선으로 세상을 바라볼 수 있게 해 주었습니다. 방향을 잃어 흔들릴 때면 목표를 명확하게 잡게 했고, 그 방향으로 나아가도록 인도합니다.

있었던 일에 대해 적습니다. 내가 한 행동에 대한 감정과 생각을 표현하는 데 도움이 되죠. 시간이 지나면, 내 일상을 되돌아보며 생각의 패턴이 발견됩니다. 매일 일기를 쓰고 있는 이유죠. 예전엔 간단하게 메모하는 정도로 썼다면, 지금은 정해진 분량만큼 쓰고 있습니다. 생각을 적거나, 목표를 쓰거나, 선택과 행동에 대해 성찰하죠. 화나게 하는 사람들에 대해 욕을 퍼붓기도 하고, 편지를 쓰기도 하죠. 일기장은 믿을 수 있는 나만의 친구거든요.

"오늘 군대에서 강의할 때 정말 행복했어. 근데 살짝 걱정되네. 재미에만 포커스를 맞춘 건 아니었는지 말이지. 그래도 최대한 의미와 가치를 주려고 했으니 그걸로 된 거야. 내가 추구하는 교육관대로 올바른 강의를 하고 있다고 확신해. 잘했어!"

"서울로 이사 가야겠어. 장점은 뭘까? 새로운 기회, 모험, 다양한 사람들과 소통할 수 있지. 반면, 단점도 있겠지. 현재 지인들을 떠날 테고, 적응하는 데 시간이 걸릴 수 있을지 몰라."

큰 결정을 내려야 할 때가 있습니다. 상황을 상상하죠. 장점이나 단점을 떠오르는 대로 적어 봅니다. 발생 가능한 문제에 대해 자문자답해 보는 거죠. 나의 선택에 대해 간접적으로 평가할 수 있답니다. 장기적인 목표와 삶의 가치가 일치하는지를 결정하는 데 도움이 되거든요. 목표를 달성하기 위한 단계를 계획하는 기회가 되기도 하고요. 지금 내가 가는 이 길이 올바른지 점검하는 것도 더 수월하지요. 나아가 살면서 원하는 게 무언지 성찰해 보게 됩니다. 미래의 비전이든, 사랑하는 가족의 일이든, 흥미진진한 모험이든. 목표가 왜 중요한지 이유를 찾을 수 있답니다.

종종 예기치 않은 변곡점을 마주할 때가 있습니다. 이런 순간마다 혼란스럽지요. 누군가는 포기하기도 하고, 또 누군가는 일어서기도 합니다. 생각만 하면 답을 구하기가 어렵습니다. 오래 걸릴 수도 있고요. 글로 적어 봅니다. 상황을 수용하고 이해할 수 있죠. 자명한 사실입니다. 특히 갑작스러운 변화나 도전에 직면했을 때, 생각과 감정을 글로 정리합니다. 일상, 꿈, 삶의 소소한 순간들을 있는 그대로 표현하죠. 일상의 나침반이 되어 줍니다. 때론 아프거나 슬프지만, 희망적이기도 하고요. 어쨌든 글을 쓰며 나를 돌아봅니다. 과거를 이해하고, 현재를 직시하며, 미래를 설계합니다. 즉, 아픔을 치유하고, 지금을 축복하며, 희망을 발견하죠. 나에게 글쓰기는 발자취이자, 인생 내비게이션입니다. 오늘도 글을 쓰며 삶의 의미를 찾고, 나만의 길을 걸어갑니다.

이렇게 사는 게 맞다

이은희

쉼 없이 하품이 나온다. 빡센 월요일이 끝났다. 아무래도 오늘은 일찍 자야겠다. 잘 준비를 하는데, 어머니에게 전화가 왔다. 오늘 김장했는데 잠깐 들러 가져가라 한다. 갈 여력이 없다. 미안하다며 다음에 가져가겠다고 했다. 김치 좋아하는 남편은 서운한 기색이 역력하다. 모른 척했다.

"오늘 뭐 했는데 그렇게 피곤해?"

순간 머릿속이 하얗다.

'잠깐! 오늘 뭐 했더라?'

어제 일도 생각이 나지 않더니, 이제는 오늘 일도 깜깜하다. 기억을 더듬어 봤다. 분명 바빴는데 무엇 때문에 그렇게 정신없었는지 모르겠다. 얕은 한숨이 나왔다. '그냥…… 일하고 퇴근했다.'라는 딱 두 단어로만 대답할 수 있었다. 그저 닥친 일들을 '해치우느라' 정신없었다.

그나저나 남편은 뭘 더 할 게 남았는지 아까부터 부엌에서 분주하다. 달그락달그락 소리가 거슬린다. 잘 시간에 뭘 그렇게 하냐며 앙칼지게 쏘아붙였다. 잠시 정적이 흘렀다.

"이 사람아! 내일 아들 생일이야! 자기가 세상에서 제일 사랑하는 아들!"

"……."

순간 멍했다. 겨울에 나에게 와 준 아들. 시댁에서 김장을 마친 다음 날, 첫눈이 왔다. 급하게 롱 패딩을 입고 나왔다. 곧 태어날 '감이(태명)'에게 첫눈을 보여 주고 싶었다. 손을 허리를 받치며 뒤뚱뒤뚱 걸었다. 떨어지는 눈을 올려다보며 배를 쓰다듬었다.

'엄마에게 오면 누구보다 사랑해 줄게! 우리 빨리 만나자!'

거짓말처럼 진통이 시작됐고, 6시간 진통 끝에 아들이 세상에 나왔다. 첫눈 오는 날, 첫눈에 반했다. 인생에서 가장 중요한 가치는 '가족'이다. 지금은 아들이 아빠보다 신발 크기가 크다. 중학생이다. 크는 게 아까울 지경이다. 매일 아들을 껴안고 오늘 하루 이야기를 나눌 때 느끼는 나른함은 이루 말할 수 없다. 그런 아들이 태어난 날을 까맣게 잊고 있었다니…….

'이렇게 사는 게 맞나?'

잠이 오지 않았다. 계속 그 질문이 머릿속에 맴돌았다. 우선 원인을 찾아보았다. 당장 해야 할 일에 집중하며 에너지를 쏟으니 정작 중요한 일은 놓치고 있었다. 시간적인 여유가 없으니 '중요한' 일보다 '급한' 일에 치중할 수밖에 없었다. 변화가 필요했다.

'시간을 만들면 되는 일 아닌가?'

우선 하루 중 비집고 들어갈 틈을 찾았다. 새벽 말고는 없었다. 다른 '비법' 같은 것은 없었다. 1시간을 앞당겨 일어나 보기로 했다. 다음 날, 6시! 알람이 울렸다.

"당장 해야 할 급한 일이 아니잖아! 오늘만 더 자자!"

죄책감 속에 어정쩡한 잠을 잤다. 자책으로 하루를 시작했다. 결국 몸도 마음도 개운하지 않았다. 그날 밤, 다시 6시로 맞췄다. 다음날, 알람은 어김없이 울렸다. 바로 몸을 일으켰다. 찬물로 세수하고 책상 앞에 앉았다. 연락이 올 때도 없고 아무도 나를 방해하지 않는 시간이다. 책꽂이를 올려다보았다. 이전에 쓰다 만 플래너를 찾았다.

'오늘 가장 중요한 일이 뭘까?'

인생에서 중요한 키워드를 떠올렸다. 건강, 가족 그리고 글쓰기. 그 키워드에 맞게 오늘 'to do list'를 적었다. '계단 운동 10분을 한다', '가족과 함께 저녁 산책을 한다', '블로그에 일기를 쓴다'. 사실 마음만 내면 어렵지 않게 할 수 있는 것들이었다. 새벽은 글을 쓰기에 딱 좋은 시간이었다. 우선 블로그를 열었다. '지나간' 하루가 아닌, '다가올' 오늘을 적었다. 내가 바라는 하루를 구체적으로 상상하며 키보드를 두드렸다.

'출근길, 풍경을 만끽하며 걷는다. 만나는 모든 이들에게 웃는 얼굴로 대하고 작은 친절을 베푼다. 해야 할 업무는 여유롭게 처리한다. 퇴근 후, 계단 운동을 하면서 봄을 챙긴다. 그리고 가족과 함께 맛있는 저녁을 먹고 공원 산책을 한다. 오늘 하루를 잘 보낸 나 자신을 뿌듯해하며 잠이 든다.'

타다닥, 타다다, 타닥. 키보드 두드리는 소리와 함께 심장이 뛰었다.

출근 시간, 현관문을 열었다. 내가 상상하는 하루에 힘차게 발을 디뎠다. 마침 아주머니가 아파트 엘리베이터 안을 밀걸레로 닦고 있었다. 인사를 건넸다. 아주머니도 오늘 잘 보내라며 환하게 웃어 주었다. 밖으로 나오니 입김이 하얗게 뿜어 나온다. 목을 움츠리고 종종걸음으로 걸었다. 걷다 보니 근린공원이다. 아기 동백나무가 한껏 줄지어 있다. 복 받은 출근길이다. 에어팟을 꺼내려고 가방을 열었다. 어? 장갑과 목도리가 들어 있다. 보나 마나 범인은 뻔하다. 고맙다며 남편에게 문자를 보냈다. 사랑한다고 답장이 온다. 후다닥 장갑을 끼고, 목도리로 목을 야무지게 돌돌 말았다. 오늘 하루는 끄떡없을 것 같다.

조회 시간, 필사 책을 들고 교실에 들어갔다. 자리 하나가 비었다. 거의 매일, 늦잠 때문에 늦는 녀석이다. 조심히 오라며 문자를 보냈다. 필사하는데, 녀석이 빼꼼히 문을 열고 들어온다. 아프지 않으면 됐다며 내일은 늦지 말라 했다. 연신 죄송하다며 자리에 앉는다. 하던 필사를 마저 했다. 10분의 '기적'이었다. 조회 시간, 늘 '해야만' 하는 일로 가득했다. 지각하는 학생에게 전화로 빨리 좀 오라고 재촉하며 진을

빴다. 아이들에게는 오늘 공지 사항을 목에 핏대를 세우며 읊조리느라 바빴다. 오늘은 달랐다. 늦는 녀석에게는 조심히 오라며 문자로 전하고, 공지 사항은 쉬는 시간에 전달해도 무리가 없었다.

새벽 글쓰기는 '마음의 여유'를 선물해 주었다. 하루의 시작이 좋으니, 수업도 잘 풀렸다. 나도 웃고 아이들도 웃었다. 비는 시간에는 업무를 봤다. 그저 '하나씩, 하나씩'이라는 마음으로 임했다. 급하게 했을 때는 실수가 있었지만, 여유 있게 하니 구멍이 없었다. 쉬는 시간, 택배실에 동료가 주문한 물품이 보였다. 택배 상자를 들고 계단을 올라오면서 입꼬리가 올라갔다. 매일 도움을 받기만 하다가 오늘은 그나마 줄 수 있어서 감사하다. 하루가 끝나고 집에 도착했다. 엘리베이터 대신 계단으로 올라갔다. 이왕 한 거 10분을 채웠다. 콧등에 땀이 맺히더니 심장이 뛰었다. 집에 도착해 샤워하고 나오니, 김치찌개 냄새가 풍겼다. 남편이 저녁을 준비하고 있었다. 침이 고였다. 각자 하루를 끝내고 식탁에 모였다. 따뜻한 저녁이다. 밥 한 공기를 뚝딱 비웠다.

"우리 오늘 산책하러 나갈까?"

집 앞 공원을 걸었다. 아이들 손을 잡고 걷다가 남편이 삐칠 때쯤 남편 손을 잡았다. 각자가 보낸 하루 행복치를 나누는 데 여념이 없었다.

침대에 누웠다. 하루 '시작'이 달랐을 뿐이다. 그저 1시간 먼저 일어나 글을 썼다. 내가 살고 싶은 인생을 하루에 가장 먼저 채워 넣었다. '매일 새벽, 글을 쓰면 인생을 바꿀 수도 있겠구나.'라는 묘한 자신감이 들었다. 중요한 일을 먼저 끝냈다는 성취감으로 하루를 시작할 수 있었다. 시작이 좋으니 주변 사람들에게 웃는 얼굴로 대하며 작은 친절도 베풀 수 있었다. 틈틈이 건강을 챙겼고, 무엇보다 가족에게 집중하며 따뜻한 저녁을 보냈다. 꿈꾸는 삶이 하루에 다 녹아 있었다. 내가 주체가 되어 살아가는 하루는, 인생도 당연히 그렇게 살 수 있다고 말해 주는 듯했다. 새벽 글쓰기의 '기적'이다.

"이렇게 사는 게 맞나?"

"이렇게 사는 게 맞다!"

삶의 방향을 만들어 가는 도구

정원희

메모하고 기록하는 습관 덕분에 삶의 방향을 만들어 갈 수 있었다. 글쓰기는 어떠한 사람으로 살아가고 싶다는 막연한 생각들을 정리하고 실천하는 데 도움이 된다. 스물두 살에 독립했다. 부모님께 걱정 끼치지 않고, 내 앞가림은 하는 사람이 되고 싶었다. 하루를 정리하면서 감사하고 부족한 점들을 기록하는 습관이 홀로서기에 도움이 되었다. 내 마음을 전하는 손 편지와 엽서는 사람들과 좋은 관계로 오랫동안 지낼 수 있게 해 주었다. 어린 아들에게 자주 전했던 짧은 메시지 덕분에, 일로 바쁜 엄마였지만 단단한 신뢰를 쌓을 수 있었다.

성인이 되고 난 이후 스스로를 책임지는 사람이 되기 위해 열심히 살았다. 경주에 있는 대학으로 편입하면서 자연스럽게 집에서 나오게 되었다. 대학을 마치고 직장 생활을 시작하면서 경제적으로도 완전히 독립할 수 있었다. 스물두 살에 얻은 자유에 대한 대가는 책임이었다.

부모님께 걱정 끼치는 자식이 되고 싶지 않았다. 직장에서 내 몫은 하는 사람이 되고 싶었다. 잔소리하는 사람, 시키는 사람 없이도 스스로 해야 할 일은 알아서 했다. 나 자신에게 부끄럽지 않은 사람이 되기 위해 엄격한 생활의 기준을 정하였다. 다른 사람들은 너그럽게 배려하고 이해하면서도 나 자신에게는 까다롭게 굴었다.

시간과 돈이 허락되는 범위 내에서 가능한 자주, 멀리 여행했다. 무엇이든 배울 수 있는 기회는 어디든 찾아다녔다. 부양해야 할 가족이 있거나, 책임져야 할 빚은 없어서 다행이었다. 서울에서 살았던 시간, 넉넉하지는 않지만, 내 한 몸 살아가는 데 부족함은 없었다.

직장 생활 3년 차가 되고, 업무가 익숙해지니 매너리즘에 빠졌다. 대학원에서 석사 과정을 시작했다. 단조로움을 이겨 내기 위해 선택한 방법은 그것을 벗어나는 것이 아니라, 다른 재밋거리를 만드는 것이다. 그때부터 나의 N잡 생활은 시작되었다.

한 가지에 집중해야 한다는 말을 하던 시절이었다. 대학원 공부를 시작하는 것이 회사로서 반길 만한 일은 아니었다. 일에 조금만 빈틈이 보여도 꼬투리가 잡힐 수 있다. 그런 평가를 받는 것이 싫었다. 학교에서도 마찬가지이다. 직장인이라는 핑계로 학업을 게을리할 수는 없다. 일하느라 과제를 못 했다는 말은 용납되지 않는다. 두 가지 모두 잘 해내기 위해 빈틈없이 하루를 살았고, 그 덕분에 시간을 효율적으로 보내는 방법을 배우게 되었다.

스티븐 코비 박사의 『성공하는 사람들의 7가지 습관』은 20대에 처음 만난 시간 관리 방법에 관한 책이었다. 소중한 것 먼저 하기를 실천하기 위해 매해 프랭클린 플래너를 구매했다. 시간을 잘 쓰기 위한 투자였다. 플래너를 꾸준히 썼다. 이제는 백지 수첩이어도 해야 할 일을 적고, 우선 순서를 정하는 일이 습관이 되었다.

손 편지 쓰는 것을 즐기는 편이다. 여행지에서 쓰는 엽서를 좋아한다. 관광지에 갈 때마다 기념품점에 들러서 엽서를 산다. 함께 여행한 이들에게 여행을 마치며 여행지에서 산 엽서에 인사를 남긴다. 함께 여행하고 싶은 사람들에게도 쓴다. 아름다운 풍경을 보고 맛있는 것을 먹으면 생각나는 사람들이 있다. 긴 여행을 할 때는 우표를 붙여서 여러 장의 엽서를 보내기도 한다. 여행지에서 사는 물건이 한국에 오면 쓸모없는 것이 되어 버리는 경우가 많다. 내가 제일 선호하는 기념품은 현지의 풍경을 담은 엽서다. 그런데 이마저도 요즈음은 구하기가 쉽지가 않다. 빠르게 소식을 전할 수 있는 스마트폰 시대이다 보니, 우표를 붙여서 편지를 보내는 사람들이 거의 없다. 어떤 때는 여행을 마치고 한국으로 돌아온 이후에 엽서가 뒤따라 도착하는 경우도 있다.

크리스마스나 새해가 되면 한 해 동안 감사했던 사람들에게 인사를 전한다. 11월부터 크리스마스카드 쇼핑을 한다. 미리 여유 있게 사서 가지고 있다가 만날 때 직접 전한다. 식상한 문구보다는 한 해 동안 있었던 일 중 함께 공유하고 있는 일에 대해 추억하고 격려한다. 건강이 좋지 않았거나 신상의 문제가 있었을 때는 용기를 주는 문구와 함께 위로할 수 있다. 직접 카드를 전하지 못하는 대부분의 경우에는 카카오톡이나 문자 메시지로 인사를 전한다. 긴 글이 아니어도 된다. 복사해서 붙여 넣은 단체 메시지가 아니라 단 한 사람만을 향하는 개인 메시지를 전한다.

좋은 말을 담은 이미지와 글을 쉽게 전할 수 있는 시대이다. 여러 사람에게 같은 메시지를 받게 되는 경우들도 종종 있다. 그러면 사람들은 스팸으로 생각하게 될 것이다. 성의 없게 메시지를 날려 버리는 것은 하지 않는 게 좋다.

우선 감사 인사를 전하고 싶은 사람들이나 다음 해에도 계속해서 잘 지내고 싶은 사람들의 리스트를 작성한다. 서로가 공감하는 사연을 메시지로 전한다. 꼭 전하고 싶기는 한데 특별한 사연이 아직 없는 경우에, 시의 구절이나 대중가요의 가사, 영화의 명대사 등을 가끔 활용하기도 한다. 평소에 책을 읽다가 메모를 해 둔 노트를 가끔 펼쳐 보기도 한다.

늘 바쁜 엄마였다. 아이가 잠자고 있을 때 집을 나서야 했고, 잠든 후에 집에 들어가는 날들이 많았다. 아들이 한글을 읽을 수 있게 되면서 손 편지를 자주 전했다. 함께 하는 시간이 적었지만, 늘 정원이를 생각하며 사랑하고 있다는 마음을 알게 하고 싶었다. 가방의 앞주머니에 몰래 넣어 둔 쪽지를 학교에서 보고 나서 온종일 기분 좋은 하루를 보냈으면 했다. 속상한 일이 있었을 때는 위로와 격려의 말을 전했다. 휴대폰을 쓰고부터는 문자로 메시지를 전한다. 함께하는 절대적 시간은 부족했지만, 엄마와 언제나 연결되어 있음을 알게 해 주고 싶었다, 아들과 신뢰를 만들어 나가는 방법이었다. 책상 위에 메모를 올려 두고 올 때도 있었다. 내가 보낸 편지에 아들의 문자나 전화로 답을 받는다.

"엄마 편지 보고 눈물 날 뻔했어."
"엄마, 고마워. 사랑해."

사람들은 누구나 자기를 먼저 알아주기를 원한다. 글쓰기는 내 삶의 도구였다, 나 자신을 바르게 잡아가야 할 때도, 누군가의 마음을 얻고 싶을 때도 글쓰기를 통해 나를 표현하였다. 누군가를 위해 살아간다는 것이 꼭 대단하게 무언가를 해야 하는 것은 아니다. 내가 전하는 짧은 문자, 손 편지, 엽서 한 장이 누군가에게는 큰 위로가 되고 용기를 줄 수 있을 것이다. 말과 글로 나의 마음을 더 전하며 사람들의 성장을 돕고 싶다.

2장

아프고 힘든
순간

그래도 살아야 하는 이유

김미예

투자에 실패했을 때 제정신이 아니었습니다. 땅바닥에 털썩 주저앉았습니다. 일억 삼천만 원. 시어머니 돈을 날렸을 때는 죽고 싶었습니다. 눈앞이 캄캄했습니다. 돈을 빌려 투자하게 한 시고모님이 원망스러웠습니다. 아니, 눈 뜨고 당한 내가 싫었습니다. 주변 사람과의 인간관계 모두 끊어졌습니다. 사람들로부터 받은 상처가 깊었습니다. 매월 불어나는 원금과 이자 때문에 고통스러웠습니다.

고등학교 2학년 11월. 원하는 대학에 가기 위한 학기말 고사가 있는 날, 통학 버스가 오지 않았습니다. 초조했습니다. 집으로 뛰어갔습니다. 오빠에게 학교까지 태워 달라고 할 참이었습니다. 아버지는 그때 경운기 사고로 회복 중이었습니다. 오빠가 봉고 트럭에 나를 태울 준비를 하는데, 아버지가 막내딸을 데려다주겠다며 나왔습니다. 급한 나는 학교에 빨리만 갈 수 있다면 누구라도 좋았습니다. 타자마자 출싹거리며 안전벨트를 맸습니다.

'쾅'. 순간 몸이 앞쪽으로 쏠렸습니다. 옆을 보았습니다. 운전석에 있던 아버지의 이마에서 피가 솟구쳤습니다. 차 문을 두드렸습니다. 사람들에게 살려 달라고 소리를 질렀습니다. 119가 도착했으나 아버지는 심각한 상태였고, 나 또한 오른쪽 다리가 골절되어 걸을 수 없었습니다. 아버지는 대전 성심병원으로, 나는 공주 윤 정형외과로 옮겨졌습니다. 절망스러웠습니다.

직장 생활 30년 했습니다. 첫 직장에서는 바로 위 과장의 놀림에 쩔쩔맸습니다, 내게 주어진 업무를 마감일까지 해야 했고, 상사의 눈에 들게 해내는 것도 어려웠습니다. 함께 일하는 동료와의 인간관계 또한 쉬운 일이 아니었습니다. 키 작고 어리숙하다는 이유로 상사의 놀림을 견뎌 내야 했습니다. 내 어려움을 이해하고 공감해 주는 사람도 드물었습니다. 언제나 씹기 좋은 오징어에 불과했습니다. 두 귀를 막았습니다. 봐도 보지 못한 척했습니다. 미련하리만큼 납작 엎드려 일을 배웠습니다. 그냥 버텼습니다. 살아야 했으니까요. 사직서를 가슴에 품고 다녔습니다.

직장 생활과 인간관계 모두 잘하고 싶었습니다. 공부하기로 마음먹었습니다. 책을 읽으면 성공한다고 하여 회사와 가까운 영풍문고 서점에 가서 눈에 띄는 책『카네기의 인간관계론』을 샀습니다. 일하며 책을 읽는다는 것이 만만치 않았습니다. 수면제였습니다. 한 장을 넘기지 못하는 날이 많았습니다. 일기를 쓰면 마음이 가라앉으니 써 보라는 권유에 예쁜 다이어리를 구매했습니다. 있었던 일을 쓰기 시작했습니다. 글을 쓴다는 것도 어려운 일었습니다. 이리저리 휩쓸리는 날 많았습니다. 삼십 대, 왜 내 인생은 이토록 깊은 상처와 고통을 받으며 살아야 할까. 누군가 내 아픔을 대신 해결해 주면 좋겠다는 생각만 했습니다.

돈을 많이 벌고 싶다면서 행동은 하지 않고, 생각에만 머물렀습니다. 입으로는 성공하고 싶다고 말하면서 부정적인 생각에 사로잡혔습니다. 그야말로 '척'만 하느라 좋은 세월 다 보냈습니다.

지금 생각해 보니 무엇 하나 순탄하게 이루어진 것이 없었습니다. 그저 나를 도와주면 좋겠다는 안일한 생각뿐, 내 안에 있는 능력을 펼칠 도전조차 하지 않았습니다. 오십 이전의 삶은 늘 깨지고 부딪히고 아프고 고단했던 날이 많았습니다. 실패한 인생이라 생각도 했지요. 그래도 지금까지 살아 있습니다. 제게 아직 기회가 있다는 것이지요.

이렇게 실수와 실패한 나에게 누군가 도움을 요청한다면 말해 주고 싶습니다.

"지금 당신 앞에 마주하고 있는 모든 일이 힘들고, 때론 모든 걸 포기하고 싶겠지만 '죽는 것보다 낫다'는 생각으로 버티면 좋겠습니다." 라고.

내가 지금 겪고 있는 모든 아픔과 시련을 버티고 견딜 수 있는 힘이 있다는 사실 또한 알려 주고 싶습니다. 이 세상에 사람으로 태어난 이유는 나와 같은 사람을 도우라는 신호라는 걸 기억했으면 좋겠습니다.

누구나 살면서 아프고 힘든 순간을 겪습니다. 살아 낸다는 것이 가장 힘들 수 있다는 것도 압니다. 지금 살아 있다는 것이 감사합니다. 무엇을 해야 할지 몰라 헤매는 사람들에게, 힘들고 의욕 없이 처진 이들에게, 지금 나와 같이 고통받고 있는 그들의 손을 잡아 주고 싶습니다. 각자가 겪고 있는 경험으로 다른 사람을 도와야 하겠지요.

아프고 힘든 일을 겪은 만큼 살아야 하는 이유를 세 가지로 정리해 보았습니다.

첫째, 지금 상황이 나에게만 일어난 고통스러운 일이라 생각되겠지만, 누구에게나 시련과 고난 닥칩니다. 그때마다 나에게는 다른 사람을 도와야 할 사명이 있다는 것을 받아들이고, 긍정의 에너지를 모읍니다. 힘이 날 겁니다.

둘째, 기분 좋은 순간, 또는 속상한 날에도 크게 웃었습니다. 계속 웃다 보니 나도 모르는 사이에 지금보다 더 나은 상황으로 바뀌어 있었습니다. 좋아진 나의 모습에 다른 사람들도 용기를 갖고 일어날 수 있다고 생각합니다.

셋째, 살아 있다는 것에 감사해야 합니다. 어찌 되었든 살아서 세상을 볼 수 있다는 것은 축복입니다. 글로 써서 나의 삶을 보여 주는 겁니다. 살아가는 이야기만큼 더한 감동은 없습니다. 글을 쓰는 동안, 제법 잘 살아 냈다는 사실에 어깨가 으쓱해질 겁니다. 내가 쓴 글을 읽고 죽음의 문턱에서 다시 '살자'로 바꾸는 사람 있다면 그것만큼 값진 일은 없다고 확신합니다. 살아야 하는 이유는 셀 수없이 많습니다.

나는 위 세 가지 이유로 견디고 버텼습니다.

　사는 게 녹록지 않습니다. 그러나 우리는 또 살아 내고 있습니다. 삶의 의미와 가치는 내가 만들어 가는 것입니다. 그런 나를 안아 줄 수 있다면 행복한 인생이지요.

사막과 글쓰기는 닮았다

김선황

시드니 2일 차, 호텔 조식을 먹고 왕복 600㎞ 거리 떨어진 포트스테
판으로 출발했다. 시드니에서 서쪽 해안선을 따라 3시간 정도 달렸다.
그곳에서 여러 체험을 하고 시드니로 복귀하는 일정이었다. 호주에서
가장 재미있는 곳으로 알려져 있는데. 코알라와 캥거루가 있는 동물농
장, 와이너리, 돌고래 크루즈, 사막 체험까지 다채롭게 즐길 수 있기 때
문이다.

고백하자면 나는 세부 일정을 살펴보지 못했다. 호주에 가는 걸로
결정된 뒤 여행사와 연락하면서 예약금을 넣고 잔금도 치렀다. 모임의
총무라 가이드에게 줄 팁과 선택 관광에 쓸 돈만 챙겼다. 개인적으로
챙긴 건 해외에서 쓸 수 있는 카드 한 장뿐이었다. 몸이 습관적으로
움직이면 정신은 시차를 두고 따라다녔다. 호주행 비행기에 오르는 순
간부터 복잡한 일은 잊고 여행을 즐기리라 마음먹었다. 하지만 몸이
잠시라도 편한 순간에는 투고와 출간으로 생각이 흐르고 거기에 심란

함이 들러붙었다. 여행을 온전히 즐기지 못하고 찔끔거리는 걱정에 허우적거렸다.

"모래사막이요? 여기에 어떻게 사막이 있을 수 있죠?"

오후에 모래사막에 간다는 가이드의 말을 실감하기 어려웠다. 숲이 우거진 와이너리, 돌고래가 있는 바다 근처에 사막이 있다고? 울창한 숲 사이로 5분 정도 달렸다. 조용한 주택가 사이를 지나 로터리를 돌아 조금 더 달리니 진짜 사막이 있다! 거짓말 같은 광경이라고밖에는 표현할 길이 없다. 가이드는 앞 주에 40도까지 치솟은 날도 있었다며 우리가 사막에 간 날은 그다지 더운 날이 아니라고 했다. 그래도 사막인지라 땀이 새어 나오기 시작했다.

주차장 옆에 덩그러니 놓인 매표소에서 잠시 대기했다. 70년대 서부영화 세트장을 보는 것 같다. 모래 위에서 움직이도록 특수 제작된 버스에 탑승했다. 공상 과학 영화에 등장하는 소품 같은 외관인데. 버스보다는 장갑차와 비슷했다. 사막에도 길이 있다. 바람이 거센 날은 모래 지형이 바뀌기 때문에 관계자들은 매일 모래 언덕 위치를 확인한다고 한다. 풀어헤쳐진 사막에 인간의 발길이 닿으면 모래바람은 옷깃을 다시 여며 사잇길을 감춘다. 속살을 드러내려는 자와 속내를 감추는 이의 숨바꼭질이다. 울퉁불퉁한 모랫바닥 격차만큼 버스에 탄 관광객들의 몸도 흔들렸다. 차체와 몸의 가락이 들썩이며 엉덩이로 콩콩이를 탔다.

차량에서 내리자마자 모래 열기가 얼굴까지 훅 치고 들어왔다. 바람이 없고 햇빛도 적당해 '샌딩 보드'를 체험하기에 최적이라는데, 굳이 해야 하나 싶었다. 눈으로 훑고 마음으로 경외감을 느끼는 것으로 충분한데. 그래도 여기까지 왔으니 한 번은 해야지. 반은 기계적으로 반은 충동적으로 체험에 응했다. 가이드는 맨발로 타야 한다며 양말까지 벗게 했다. 분위기에 떠밀려 신발 안에 양말을 집어넣었다. 모래에 치명적인 스마트폰을 가이드에게 맡겼다. 천막 그늘에 신발을 맡기고 사막에 섰다. 끝없는 파란 하늘과 그만한 크기로 하늘과 맞닿아 있는 노란 물결이 시야를 가득 메웠다.

"앗! 뜨거워!"

모래 위를 맨발로 팔딱거리며 능선을 올라갔다. 발바닥이 더 이상 견딜 수 없을 때는 들고 있던 보드를 바닥에 던지듯 두고 발을 올렸다. 발을 식히며 뒤를 돌아보았다. 올라온 거리나 올라갈 거리는 비슷했다. 마저 올라가는 게 더 나았다. 사람이 없는 곳에 가서 보드 위에 앉았다. 몸을 최대한 뒤로 제쳐 속도를 조절하며 언덕에서 미끄러졌다. 모래에 얼굴을 처박지 않으려고 천천히 내려왔다. 동료 선생님은 소리를 내지르며 양팔을 죽 펴고 빠른 속도로 내려왔다. 나는 천막 아래로 가기 위해 움직이는데, 선생님은 더 타겠다며 뜨거운 모래 언덕을 되짚어 올라갔다.

사막을 바라보는 것과 사막에 발을 디디는 것은 달랐다. 그림 같은 사막의 모습에는 감탄사가 나오지만, 맨발로 맞선 모래는 신음을 자아낸다. 부드럽지만 뜨겁다. 모래 늪에 빠지지 않으려면 발바닥 전체로 버텨야 한다. 걸음을 옮길라치면 다음 발을 재개 놀려 전신을 지탱해야 한다.

온몸으로 느낀 사막은 글쓰기와 닮았다.

사막은 황량하다. 제자리에서 동서남북으로 둘러봐도 보이는 건 모래와 하늘뿐이다. 모래 폭풍은 매번 지형을 바꾸기 때문에 사막의 길은 매번 낯설다.

글쓰기도 그렇다. 백지만 덩그러니 있으면 무엇을 쓸지 대체로 막막하다. 펜을 놓는 대신 뭐라도 끄적거리면 생각이 문장이 되고 문단이 된다. 가끔 모래 폭풍에 글 전체를 날릴 때도 있다. 그래도 키보드로 타닥타닥 글자를 입력하거나 삐뚤빼뚤한 손글씨로 글을 쓰면 작은 모래 언덕 하나쯤 평평해진다. 상황은 그대로일지라도 글을 쓰는 동안 마음이 달라진다. '별일'이었던 문제가 '별것' 아니라고 느껴질 때도 있다.

사막과 글쓰기 모두 탐구 정신과 감각이 필요하다. 사막에서 생존하려면 물과 음식이 어디 있는지 사막을 탐험해야 한다. 방향 감각이 중요하다. 글 주제를 찾아가는 오감이 필요하다. 다양한 정보를 바탕으로 주제를 깊게 연구하고, 그를 바탕으로 글을 써야 한다.

모래 열기로 달궈진 발바닥을 왼쪽 오른쪽 번갈아 가며 짚다가 한계치에 도달했다. 서둘러 그늘이 드리운 천막 아래로 발을 들이민다. 안도하는 신음이 절로 새어 나왔다. 발바닥은 식어 가고 내적 갈등은 깊어졌다. 사진을 찍고 보드를 타려면 그늘을 벗어나야 한다. 회복을 위한 잠깐의 휴식은 필요하지만, 그늘에만 있을 수는 없다. 내가 디디는 만큼 자국이 남고 내 영역이 된다. 못 견딜 만큼 뜨거울 때 잠시 그늘의 힘을 빌려 쉬었다면 다시 태양 속으로 나가야 한다. 10여 명을 품은 천막보다 너른 사막에서 내 영역이 확장된다.

황량한 사막에서 미래를 꿈꾼 이가 있다. 인위쩐은 마오우쑤 사막에 1,400만 평 80만 그루의 나무를 심었다. 양가 아버지의 결정으로 사막에 사는 남자와 혼인하게 된 그녀가 울다 지쳐 내린 결론은 현실은 바뀌지 않는다는 것이다. 사람들은 사막에서는 아무것도 할 수 없다고 생각하고 대부분 떠났거나 아무것도 하지 않았다. 하지만 그녀는 자신이 할 수 있는 일을 한다. 오아시스를 찾아 나서는 대신 스스로 숲을 만들었다. 행복을 찾으러 떠나는 대신 행복을 유인했다.

백지가 두려워 쓰기를 멈출 수는 없다. 글쓰기 실력을 늘리는 가장 좋은 방법은 무엇이든 꾸준히 쓰는 것이기 때문이다. '그냥, 꾸준히 쓰는' 행위는 상처를 치유하기도 하고, 자존감을 회복하게 한다. 무엇보다 성장의 밑거름이 된다. 가이드에게 맡겨 둔 스마트폰을 받아 메모장을 열었다. 잠금장치를 해제하고 바탕화면에 있는 'keep 메모장'을 실행했다. 사막, 뜨거움, 그늘, 모래, 글쓰기와 닮은 점 등 몇 가지 입력했다. 사막과 관련한 주제로 글을 쓸 거라는 강력한 예감이 들었다. 다시 태양 아래 섰다. 곧 그늘이 필요하겠지만 그때까지는 견뎌 보리라. 펜을 들고 백지 위에서 유영하는 것처럼.

아픈 기억이 아프게 떠오르지 않는다

김지안

"마음이 힘들 때, 글쓰기는 자신과 소통하고, 내면의 평화를 찾아가는 길이다." – Linda R. Silverman

나는 왜 그렇게 징징 짜고 울었던 것인가. 무엇이 그렇게 서러웠나. 원인과 결과의 법칙을 알게 되면 해결의 실마리를 찾기 수월해진다. 내가 아픈 이유는 무엇인가? 나로 인해 누군가 아프지 않았는지? 그 이유를 발견해 봐야 한다. 상황에 대한 기록을 세밀하게 남긴다. 상대와 대화 중 나와 다른 의견이거나 나의 의견을 탓하는 느낌이 들면 서운해지고 화가 올라왔다. 감정적으로 반응하는 인간이었다. 나는 감정에 대해서 글쓰기를 시작하면서 감정에 집중하기 시작했다. 감정이 뭐가 그리 대수냐 싶었다. 감정을 느끼게 되면 행동으로 옮기기 위한 동기 부여가 된다. 상대가 나에게 부정적 의도가 느껴지는 말을 하면 방어적으로 나의 태도는 변했다. 지레 겁먹었다. 상대가 나를 약하게 보거나 부족하다고 생각할까 봐 감정적으로 더 강하게 반응했다. 동물 병원에 가면 가장 작은 강아지가 가장 크게 짖는다. 무서워서 그러는 거란다. 되레 큰 개들은 짖지도 않고 오히려 본인으로 인해 상대가 다칠까 봐 더 조심한다고 한다.

2004년 11월, 이직한 지 5개월쯤 되었다. 팀장도 없이 혼자 일할 때였다. 회사가 왜 나를 채용했는지도 불명확했다. 내가 하는 일에 대해서 기대하는 사람도 없는 것 같았다. 조직에서 일을 진행할 때는 목적이 있고 목표가 있기 마련이다. 그 당시 나에게 목적과 목표를 명확하게 전달해 준 이는 없었다. 내 입장에서 회사가 나를 채용한 이유를 생각해 보았을 뿐이다. 회사에 없던 생산 시스템을 만들어야 했기 때문에 나 한 명을 뽑아서 일이 될 거라고 기대하지 않았던 것으로 미루어 짐작할 뿐이었다. 나는 이전에 다니던 생산 프로모션에서처럼 일을 전투적으로 몰아붙여서 했다. 이전의 회사는 생산 프로모션이기 때문에 그러한 나의 업무 행태는 이상하지 않았다. 그러나 이직한 회사에는 없는 생산 시스템이었다. 회사 조직 내부적으로 공감대가 형성되어 있지 않았다. 상대 팀 부서에서 볼 때 나는 외부에서 영입된 돌아이로 인식되었다. 공감대라는 것이 얼마나 중요한지 지금은 안다. 그러나 그 당시에 나는 공감대가 뭔지, 상대를 어떻게 설득해야 하는지, 상황을 어떻게 파악하고 판단하고, 다음 행동은 어떻게 해야 할지 몰랐다. 기획 디자인팀 디자이너에게 컬러 스와치를 전달하고 그중에서 골라야 한다고 내가 필요한 것만 요구할 뿐이었다. 상대 입장에서는 어디서

굴러온 돌이 와서는, 맞지도 않는 컬러 스와치를 들이밀면서 컨펌하라고 하는지 황당했을 터다. 왜 오리지널 스와치대로 컬러를 똑같이 염색할 수 없는지, 왜 이렇게 급하게 컨펌해야 하는지, 그들은 궁금해하지 않았다. 그들만 그렇게 생각한 것이 아니라 나 역시 설명해야 하는지도 몰랐다. 당연히 생산 일정에 맞추려면 이렇게 하는 게 맞는데, 반발하는 그들이 내 눈에는 이상해 보였다. 서로가 이상하게 생각하고 못마땅해하는 상황이었다. 한동안 디자인팀 디자이너와 나와의 불협화음은 끊이지 않았다. 직급 높은 디자인실장이 윽박지르고 나를 꾸짖었다. 그럼에도 나는 굴하지 않고 내 뜻을 관철시키려고 강하게 어필했다. 디자인팀 실장에게 불려가 호되게 혼쭐이 난 뒤 사무실로 돌아오는 길에 눈물 훔치던 내가 있었다. 그들은 임가공 생산 경험이 없었다. 생산 일정에 대한 세부적인 일정을 경험해 보지 못했기에 기존 완사입 생산 방식 업무에 익숙해 있었다. 그런 상대의 상황을 파악하고 지혜롭게 대응했으면 좋았을 텐데. 그랬다면 그렇게 욕먹지 않았을 수도 있었을 텐데. 나는 상대의 태도에 따라 감정적인 반응으로 일관했다. 반응하지 않고 대응하는 방법을 택했다면 보다 유연하게 업무 협업을 할 수 있었을 텐데. 분노하고 부대끼는 힘겨운 시간을 보냈다. 일기라도 쓰면서 나를 비춰 보고 상대를 설득해야 할 포인트를 잡을 수 있었다면 한결 업무를 수월하게 조용히 진행했을 텐데.

아픈 순간, 힘든 순간이 그렇게 많았는데 막상 주제를 담은 글을 쓰려고 하자, 아픈 기억도 힘든 기억도 쉽게 떠오르지 않았다. 아픈 기억이 술술 써질 줄 알았다. 이렇게 글이 안 써지는 게 정상이 아닌데, 이 상했다. 몇 날 며칠을 고민했다. 솔직한 심정을 글로 쓰기로 했다. 분 명히 아픈 날도 힘든 날도 무수히 지나왔다. 아픈 날이 떠오르지 않 는 이유를 알았다. 내가 고난이라고 생각한 시간이 독서와 글쓰기로 치유되었기 때문이다. 치유된 상태이기 때문일까, 신기할 정도로 아팠 던 이야기가 떠오르지 않았다. 치유되었을 뿐만 아니라 내게는 경험의 씨앗이 되어 더 나은 오늘과 성장하는 내일을 살아갈 지침이 되었다. 아픈 경험으로 '나는 어떻게 더 나은 오늘을 그리고 내일을 상상하며 힘을 얻는가?'라고 자기 자신을 향한 질문으로 바꿨다.

내가 아프고 힘든 시간에 대한 기억이 떠오르지 않는 이유를 정리 하자면 이렇다.

첫 번째, 글쓰기는 자기 자신의 감정과 경험을 글로 기록하는 행위 다. 감정을 글로 쓰면서 자신의 마음을 정리하고 이해할 수 있게 되었 다. 정서적인 표현으로 정갈하게 할 수 있고 감정을 해소하게 된 거다. 이를 통해 감정을 더 잘 이해하고 처리할 수 있으며, 미화하거나 왜곡 되지 않는 현실적인 관점을 갖게 했다.

두 번째, 글쓰기는 자기 치유의 과정이다. 다양한 주제의 책을 읽으 면서 새로운 아이디어를 받아들이고 자아를 확장시킬 수 있다. 또한, 자신의 경험을 글로 표현하면서 마음속의 상처를 다루는 과정이 자기 치유에 큰 도움이 된다.

세 번째, 사회적 연결감을 확장한다. 독서는 다양한 캐릭터와 이야기를 통해 감정적으로 공감하는 사회적 연결감을 느끼게 해 준다. 특히 힘든 시간에는 타인의 이야기를 통해 공감하고 위로를 받는 것이 치유에 도움이 된다.

네 번째, 글쓰기와 독서는 스트레스를 감소시키는 효과가 있다. 마음의 소리를 글로 표현하고 정리함으로써 마음의 부담을 줄일 수 있다. 특히 긍정적인 내용의 책을 읽거나 글을 쓰는 것은 긍정적인 감정을 일으키고 스트레스를 완화할 수 있다.

다섯 번째, 글쓰기는 자신의 생각을 정리하고 표현함으로써 자기를 발견하고 성장하게 하는 기회를 준다. 어려운 시간을 통해 새로운 인사이트를 얻고, 자아의 변화와 성장을 쓰면서 확인할 수 있다. 따라서 글쓰기는 정서적인 지원과 마음의 안정을 찾을 수 있는 강력한 도구로 작용할 수 있다.

이미 치유된 상태에서 과거의 힘들고 아팠던 경험을 쓰는 일은 더 이상 아프고 힘든 경험이 아니라는 사실을 발견했다. 분노가 해소되기 전 솟구치는 감정을 주체 못 해서 폭풍 일기를 쓰던 시간이 있었다. 그런 폭풍 같은 시간이 지나고, 일기를 다시 읽어 본 뒤 나는 알아차릴 수 있었다. 태풍으로 배는 깨지고 부서지고 조난했을지언정 태풍 속을 지나 나는 살아남았다. 고난과 고통을 지나면서 성장한 나를 발견했다. 태풍이 지나고 고용한 바다 같은 나의 감정이 느껴졌다. 그 누구를 향한 분노, 원망 따위는 사라졌다. 단지, 그때의 나에게 해 주고 싶은 말이 있다면, "일찌감치 좀 읽고 쓰지 그랬니?"라고 한마디 건네주고 싶다. 글쓰기는 자기 이해를 돕고 타인을 탓하는 마음을 사라지게 한다. 자기 이해를 넘어 자기 발전과 성장이라는 선물을 안겨 준다. 이렇게 이로운 글쓰기를 마다할 이유가 있겠는가.

2-4

슬픔에게 건넨 말,
위로로 대답하다

김지연

 5월, 어린이날과 어버이날이 있는 5월에는 가정의 달을 맞아 가족의 소중함을 한 번 더 되새기며 가족과 함께 의미 있는 시간을 보낸다. 5월 5일 어린이날, 친정 엄마에게 전화가 왔다. 기침이 몇 날 며칠째 멈추지 않아 병원에 가서 엑스레이를 찍었다고 했다. 그런데 폐에 동전만한 크기의 뭔가가 보여 큰 병원에 가서 정밀 검사를 해 보라는 이야기를 들었다는 것이다. 뭘까? 동전만한 크기의 그것이. 의사는 왜 상급 병원으로 가라고 이야기한 것일까? 전화를 끊고 머릿속에는 온갖 생각들이 들기 시작했다. 다행히 빨리 대학 병원 진료 일정을 잡을 수 있었고, 아빠를 비롯해 언니와 형부, 나와 남편까지 모두 병원으로 함께 가서 진료를 보고 검사 일정까지 잡았다. 진료 후 검사까지 일주일, 검사 결과가 나올 때까지 또 일주일, 이 주의 시간이 두 달같이 길게 느껴졌다. 검사 결과가 나오던 날, 가정의 달, 5월 24일, 엄마는 폐암 진단을 받았다. 엄마의 나이 70이었다.

우리 가족은 슬플 겨를이 없었다. 서울에 있는 유명한 대학 병원에 진료 일정을 잡기 위해 기를 쓰고 수단을 동원했다. 부모님의 집은 포항이었고 나의 집은 대구, 대구보다는 서울 병원에서 수술과 치료를 하는 것이 좋겠다고 판단했다. 진료 일정을 잡고 수술하기까지 서울 병원으로 왔다 갔다 하면서 엄마와 시간을 보냈다. 학원 일도 조금은 미뤄 두고 학부모에게도 전체 공지를 통해 양해를 구했다.

그 무렵, 혼자 있으면 감당하기 어려운 슬픔이 찾아왔다. 그때마다 손에 들고 있던 휴대전화 노트에 엄마에게 전하는 편지를 쓰기 시작했다. 처음이었다. 늘 곁에 있던 엄마가 갑자기 없어질 수도 있다는 생각을 한 것이. 지금까지는 전혀 생각하지 않았던 일이 현실이 될지도 모른다는 생각에 엄마에게 지금까지 표현하지 못한 마음을 표현해야 한다고 생각했다. 그때부터 엄마에 대한 걱정이 올라올 때면 글을 썼다. 하지만 엄마에게 보여 줄 수는 없었다. 편지 속 내용이 엄마에게 자꾸 마지막 말을 하는 것 같았기 때문이었다. 혹시라도 엄마가 병상에 누워서 힘겨운 싸움을 해야 한다면 그때 엄마에게 보여 주고 싶었다. 하지만 하루에도 열두 번 그럴 일이 없었으면 좋겠다고 생각하였다.

다행히 엄마는 폐암 1기로 한 번의 수술로 깨끗하게 암 덩어리를 떼어 냈고, 약물 치료 역시 하지 않아도 되었다. 수술 후 다시 찾은 병원에서 수술이 잘 됐다는 이야기를 듣고 병원 복도에서 엄마, 언니와 나는 서로를 끌어안고 펑펑 울었다. 한참 무더운 여름의 어느 날이었다.

엄마에게 찾아온 암 덩어리는 40년 가까이 대형 가스 불 앞에서 닭 백숙 장사를 한 엄마의 환경 탓일 가능성이 컸다. 엄마는 눈이 오나 비가 오나, 설이든 추석이든 늘 가게를 지켰다. 그렇게 고생만 한 엄마 에게 암이라니, 암 진단을 받은 사람이나 가족들이 모두 이렇게 생각 하지 않을까? 왜 나와 가족에게 이런 일이 생길까? 왜 하필!

그런 생각이 들 때마다 엄마에게 마음을 전하는 글을 썼다. 엄마는 나에게 어떤 사람이었는지, 엄마가 얼마나 멋진 사람인지. 엄마에게 해 주고 싶은 말들을 조금씩 꺼냈다. 엄마는 몸이 편찮은 시어머니를 모셨고 아빠가 사업에서 멈칫했을 때도 가정과 두 딸을 위해 가족에 게 흔들리는 모습을 보여 준 적이 없었다. 엄마에 대한 마음을 글로 표현하면서 엄마라는 존재에 대해 다시 생각하게 되었다. 엄마에게 이 런 마음을 전할 생각을 하니 엄마가 암에 걸린 최악의 상황에서도 마 음의 위안을 얻었다. 혼자서 엄마에게 말을 건네는 그 순간이 나를 버 티게 해 주었다. 엄마가 듣고 있지 않지만, 마치 듣고 있다는 생각이 들었다. 엄마는 정말 단단한 사람이었구나, 언니와 나를 키우면서 많 이 외로웠겠구나, 엄마에게 미쳐 많이 표현하지 못한 마음들을 꺼내 하나둘 표현하는 것만으로도 마음이 따뜻해졌다.

> "이야기된 불행은 불행이 아니다. 그러므로 행복이 설 자리가 생긴다."
>
> – 이성복, 『네 고통은 나뭇잎 하나 푸르게 하지 못한다』, 문학 동네

엄마를 온전히 바라보고 엄마에게 나의 마음을 쏟아 내면서 슬픔과 불안한 마음을 잠시나마 잊어 보았다. 엄마와의 어린 시절 추억도 떠올려 보고, 두 아들을 키우고 있는 나에게 엄마의 모습을 투영해 보기도 했다. 엄마가 곁에 없어도 엄마에게 내 말이 닿을 수 있을 것 같았다. 그러니 마음이 한결 편안해졌다. 엄마에게 따뜻한 말이 닿는다는 생각에 엄마를 인정해 주고 사랑한다는 말을 계속 썼다. 그 순간 나는 치유받고 있었다.

글에는 여러 가지 종류가 있다. 글을 쓰는 목적도 여러 가지다. 독자에게 정보를 전달할 수도 있고, 독자를 설득할 수도 있다. 작가의 경험으로 삶의 깨달음과 교훈을 주기도 하고, 현실에 있음직한 일을 상상하여 만들어 낸 이야기로 독자에게 재미와 감동을 주기도 한다. 글의 목적과 형태가 어떻든 다른 사람에게 해를 끼치려고 글을 쓰는 사람은 없다. 감동과 재미, 교훈과 힌트, 정보 전달, 좋은 방향으로 권유 등 독자에게 도움을 주려고 하는 선한 마음이 담겨 있다. 그런데 신기하게도 그런 글을 쓰다 보면 쓰는 사람 역시 마음을 치유받거나 회복하기도 한다. 쓰면서 마음의 안정을 찾기도 하고, 행복한 기운을 얻을 수 있다.

글쓰기는 나다움을 발견하는 행위이기도 하지만, 아픈 부분을 치유해 주는 힘이 있다. 꽁꽁 싸매어 드러내지 못하는 감정을 솔직히 내뱉고 스스로 위로할 수 있다. 생각할수록 슬프고 감당하지 못할 것 같은 현실을 글로 쓰면서 담담하게 받아들이게 된다. 쓰면 쓸수록 단단해지고 야물어진다. 그러면서도 유연해진다. 속을 채운 단단함이라 쉽게 부러지지 않고 외곬의 단단함이 아니라 어느 때보다도 유연하다. 글을 쓰는 순간이 곧 위로이고 안식처였다.

　지금 엄마는 우리 가족 곁에서 건강한 모습으로 지내고 있다. 얼마 전, 12월 어느 날 정기 검진을 다녀왔다. 더 이상 엄마의 몸속에서 암이라는 이름은 흔적을 찾을 수 없었다. 엄마에게 혼자 건넸던 말들을 지금은 엄마에게 직접 건넨다. 더 오랫동안 엄마에게 건네고 싶다. 동시에 나의 수첩에는 엄마에 대해 더 많은 이야기들을 쌓으며 다가올 내일을 단단하게 준비할 것이다. 이별하더라도 잠시 흔들리고 아파하고 내 자리로 돌아왔을 때 내 글이 엄마에게 닿을 수 있게 말이다.

　엄마에게 쓴, 아직은 보여 주지 못한 나의 마음 한 구절을 써 본다.

　'엄마, 나를 긍정적으로 생각할 수 있는 아이로 낳고 길러 줘서
　고마워. 앞으로도 삶에 있어 늘 최선을 다해 현명하게 헤쳐 나
　갈 수 있을 거야. 엄마는 이 세상 엄마 중 최고의 엄마야. 현실
　을 피하지 않고 늘 맞서서 우리 가정을 이만큼 이루어 냈잖아.
　참 멋지고 대단해.
　아이를 키워 보니 엄마가 어떤 마음으로 살았을지, 전부는 아니
　지만 어느 정도는 알 수 있어. 외롭고 힘든 순간이 얼마나 많았
　을까. 그러느라 엄마 자신은 돌보지 못하고 희생만 해서 이렇게

마르고 늙어 버린 것이 너무 속상하고 미안해. 엄마가 보여 준 방식대로 엄마의 사랑을 잘 알고 있으니까 이제 앞으로는 함께 즐기면서 살자. 너무 늦게 엄마를 돌아봐서 참 많이 속상하지만, 지금부터 우리만의 시간을 만들어 가 보자. 엄마, 사랑해.'

고통이 삶을 결정한다

김홍선

글쓰기는 아프고, 힘든 순간 나를 잡아 주는 든든한 버팀목이다. 아무리 힘든 일을 겪어도 글로 쓰는 순간 하나의 글감으로 변한다. 감정은 빠지고 팩트만 남는다. 그것을 바라보기만 해도 고통은 반으로 줄어든다.

'내가 죽었나!' 20년 전 일인데도 생생하다. 힘들게 일군 인터넷 쇼핑몰에 세무조사원이 들이닥쳤다. 사무실에 있는 서류, 컴퓨터를 쓸어 갔다. 인터넷 초창기라 동대문 도매상 중 세금 계산서를 발행하는 곳이 많지 않았다. 매입 자료가 제대로 있기 만무했다. 세무사가 입을 굳게 닫는다. 쇼핑몰을 닫을 수 있는 상황이었다. 하루가 어떻게 지났는지 기억이 없다. 그냥 사방이 하얀 백지였다. 다음 날 아침, 잠은 깨었는데 입이 벌어지지 않는다. 아무리 소리를 쳐도 말이 나오지 않는다. '내가 죽었나!' 공포가 엄습한다. 온몸이 얼어붙어 손가락 하나도 움직일 수 없었다. 애를 쓸수록 입은 더 굳어 갔다. 한참 후 아내가 나를 발견하고 응급실로 향했다.

"스트레스가 심해 턱이 빠졌습니다."

경직된 턱 근육에 응급 치료를 받고 겨우 입을 벌렸다. 하늘이 무너지는 충격을 이 악물고 버텼다. 그리고 턱이 무너졌다. 글쓰기를 했으면….

"홍선아, 이과가 취직이 잘된다는데…."

고등학교 1학년 때였다. 후두암으로 3년 동안 투병 중인 아버지는 바싹 마른 나무처럼 뼈에 가죽만 남았다. 마주하는 두 사람은 알았다. 삶이 얼마 남지 않았다는 것을. 아버지의 흐릿한 동공에서 남겨질 아들에 대한 걱정이 선명하게 보인다. 그런 아버지와 고등학교 1학년 때, 이과와 문과를 선택하는 의논을 하고 있다. 천상 문과 적성인 나는 경영이나 법대를 가고 싶었다.

"대학 어디 가고 싶니?"

"법대요!"

아버지 동공이 흔들린다. 한참을 망설이다 이 한마디를 한다. 아버지 눈을 바라보았다. 동공이 떨린다. 내 꿈은 흔들리는 눈빛에 희미해졌다. 이후 20년간 내 삶은 없었다. 돌아가신 아버지를 대신해 가장 역할을 해야 한다는 사명감뿐이었다. 빛나는 청춘 20대, 결혼하고 알콩달콩한 신혼인 30대를 잃어버렸다. 아직도 이 생각만 하면 자다가도 벌떡 일어난다. 글쓰기를 했더라면……. 지금도 가슴에 찬 바람이 분다.

"내가 너를 어떻게 키웠는데!"

굽은 허리에 절뚝거리는 다리로 몇 걸음만 걸어도 손은 허리에 가고 얼굴은 찡그린다. 허리를 찌르는 날카로운 통증은 사정없다. 2년 전부터 무릎에 물이 차면서 몇 걸음 걷는 것도 버겁다. 아버지가 고2 때 돌아가셨다. 어머니는 '하늘과 땅이 붙는 것' 같았다고 한다. 나를 대학 보내려고 아무 경험 없이 칼국수 집을 차렸다. 혼자 배달하고, 손님을 맞았다. 한겨울 칼날 같은 찬물에 두 손이 꽁꽁 얼었고, 한여름 선풍기 하나 없는 찜통 주방에서 온몸은 땀띠투성이였다. 그 인고의 세월, 부채의 시간을 매일 보고 있다.

'고통이 삶을 결정한다.' 내가 좋아하는 말이다. 매일 아침 일어나면 허리로 손이 간다. 우측 골반이 퇴행성 협착증이다. 딱히 수술까지 할 단계는 아니라고 한다. 그런데 날이 갈수록 통증은 견디기 힘들다. 조금만 오래 서 있어도 날카로운 칼날이 사정없이 찌른다. 아침저녁으로 진통제를 먹고 겨우 버틴다. 글을 쓰면서 변한 것 중 하나가 고통을 대하는 태도다. 매일 보는 어머니의 굽은 허리, 잃어버린 20년, 허리 고통, 힘겨운 일상을 바라보는 관점이 달라졌다. '모든 일은 가치 중립적이다. 내가 해석하기 나름이다.' 요즘 주머니에 넣고 다니는 안경이다.

처음 허리 통증이 심해져 마음대로 움직이지 못했을 때는 우울증에 걸릴 지경이었다. 그때 글을 쓰면서 찬찬히 긍정 해석을 하였다. 덕분에 코어 운동을 할 수 있다. 술을 줄일 수 있다. 습관을 만들 때 허리 통증에 붙인다. 하지 않으면 받는 고통으로. 온갖 긍정 해석을 하고 실행하고 있다. 오래 앉아 글을 쓰면 허리에 날카로운 무엇인가가 쿡쿡 찌른다. 그럼 바로 일어나 스쿼트 50번, 팔 굽혀 펴기를 한다. 허리 통증이 심할수록 내 팔과 다리는 굵어지고 있다.

어머니의 희생, 잃어버린 20년을 첫 번째 책으로 냈다. 내가 받은 상처, 아픔과 같은 고통으로 힘들어하는 사람들을 돕고 싶었다. '힘들어도 나는 이렇게 일어났어요.' 이 한마디를 하는 순간 내 상처와 아픔은 치유를 넘어 삶의 든든한 갑옷이 되었다. 같은 상처, 아픔으로 이제는 힘들어하지 않는다. 단지 남을 돕는 글감이 될 뿐이기 때문이다.

어제 새벽 다섯 시에 일어나 책상 앞에 앉았다. 어둠 속에서 스탠드를 켜려고 더듬다 유리컵을 건드렸다. 날카로운 소리를 내며 산산조각이 났다. 등골이 서늘하다. 오늘 중요한 미팅이 있는 날이라 신경이 곤두선다. 급히 쓸어 담다 손을 베었다. 사방에 유리 파편, 손가락에는 선홍빛 피가 흐르고 있다. 순간 입에서 '감사합니다. 감사합니다.'가 나오고 있다. 오늘 액땜했으니 좋은 일만 있을 것이다. 피를 닦고, 유리 파편을 쓸어 담으며 계속 말한다. '감사합니다, 감사합니다.' 모든 일은 가치 중립적이다. 내가 의미를 부여하기 나름이다. 글을 쓰면 치유를 넘어 상처가 글감이 된다. 그러면 세상 무서울 것이 없다.

글을 쓰며 버틴다

박정미

누구나 살면서 아프고 힘든 시간이 찾아오기 마련이다. 그 누구도 순탄하게만 살지는 않을 것이다. 힘든 순간이 찾아왔을 때 할 수 있는 일은 무엇일까? 살면서 어려움을 겪을 때 글쓰기를 권한다. 글을 쓰면 현재 내가 처한 상황을 어느 정도 파악할 수 있다. 닥친 문제를 조금은 객관적으로 바라볼 수 있다. 글을 쓰는 동안 고통이 줄어들고 현실이 보인다.

"폐암 4기입니다."

흰 가운을 입은 젊은 여자 의사가 담담한 목소리로 말했다. 가슴이 철렁했다. 설명이 이어졌다.

"소세포성 폐암입니다. 이 암은 확장형과 제한형이 있는데 환자분은 확장형입니다. 이미 림프샘과 폐, 뼈로 전이가 진행되었습니다."

머리가 멍해지면서 마치 시간이 멈춘 듯했다. 설명을 들으며 눈에 눈물이 그렁그렁 달렸다. 진료실 문밖에 아버지가 계셨다. 아버지를 다시 봐야 하기에 울어서는 안 된다고 생각했다.

"연세가 많으셔서 수술은 불가능하고, 항암 주사만 가능합니다. 주사를 맞게 된다고 해도 암이 워낙 빨리 진행되기 때문에… 6개월 정도 사실 수 있습니다."

숨이 턱 막혔다. 점점 굵어지던 눈물방울이 급기야 뚝 떨어졌다. 영화나 드라마에서나 보던 장면이 지금 내 앞에서 펼쳐지고 있었다. 진료실 안을 두리번거렸다. 혹시 휴지가 있나 하고 찾아보았지만 없었다.

"저, 휴지 좀 없을까요?"

겨우 입을 뗐다. 의사는 의자에서 몸을 반쯤 일으켜 벽 쪽, 수북이 쌓인 책더미 가운데 놓여 있던 사각 통에서 휴지를 두 장 뽑아 나에게 건네주었다. 휴지로 눈물을 닦았다. 마스크를 쓰고 있어서 그나마 다행이라고 생각했다. 치료 과정에 관해서 설명을 들었다. 가방에서 수첩과 볼펜을 꺼내려고 했다.

"아, 여기에 적어 드리겠습니다."

의사는 작은 메모지에 또박또박 글자를 적으며 설명했다.

"치료를 받는다고 해도 2, 3개월 더 사실 수 있습니다. 몸의 기능은 점점 더 나빠지실 겁니다. 시간이 지나면 일상생활이 곤란하고, 그러면 호스피스 병동으로 가시든지 아니면 댁에서……"

'호스피스'라는 말에 가슴이 먹먹해졌다. 또 한 번 가슴이 철렁 내려앉았다. 생각할 겨를도 없이 그 자리에서 치료받겠다고 말했다. 당연히 치료받아야만 할 것 같았다. 다음 방문할 날짜를 잡고 진료실을 나왔다. 아버지가 복도 앞 대기 의자에 앉아 계셨다. 아버지와 눈을 마주칠 수 없었다.

"가요."

아버지는 힘겹게 의자에서 일어나 나를 따라나섰다. 집까지 운전해 오는 한 시간 반 동안 아버지와 나는 아무 대화도 나누지 않았다. 친정집에 아버지를 모셔다 드리고 집으로 돌아왔다. 오자마자 오빠에게 전화를 걸었다.

"오빠, 아버지가 폐암 말기래……."

오빠에게 병원 다녀온 소식을 전했다. 친정에 형제라곤 오빠와 나밖에 없다. 오빠는 먼 곳에 살아 명절 때나 한 번씩 집에 온다. 전화를 끊고 나자, 온몸의 힘이 쭉 빠졌다. 몇 분을 그냥 멍하니 앉아 있었다. 그러다 갑자기, 노트북을 열었다. 이 상황을, 갑자기 닥친 이 말도 안 되는 상황을 어떻게든 정리를 해야 했다. 있었던 일을 사실 그대로 썼다. 병원에 가서 이러이러한 일이 있었다고. 허망하다고도 썼다. 100세 시대 어쩌고 하는 말이 어이없고 허무하게 들린다고도 썼다. 맞춤법, 띄어쓰기 등 하나도 신경 쓰지 않았다. 휘몰아치는 감정을 그저 쏟아냈다. 눈에 눈물이 그렁그렁해서 글씨가 잘 보이지 않았다. 그래도 썼다. 블로그에 내 감정을 마구 쏟아부은 후 발행 버튼을 누르고 노트북을 덮었다.

몇 시간 뒤 마음이 어느 정도 가라앉은 후, 슬그머니 걱정되었다. 그린 글을 많은 사람이 보는 공간에 올려도 될까 싶었다. 그때 왜 아무 생각 없이 글을 썼을까 하는 후회도 들었다. 노트북을 다시 켰다. 블로그에는 '걱정된다, 힘내라, 자기 부모님도 같은 경험을 했다' 등의 댓글이 달려 있었다. 그 글을 읽으며 고마운 마음이 들었다. 하지만 잠시 후, 너무 적나라한 내 모습을 보인 것 같은 생각이 들었다. 부끄러웠다. 글을 비공개로 돌렸다.

지금 돌이켜보면 왜 그때 그렇게 그 상황을 자세하게 쓰려고 애썼는지 잘 모르겠다. 뭔가 갑갑하고 힘든 상황, 받아들이기 어려운 상황을 글로 풀어 내고 싶었던 건 아닐지 짐작해 본다. 힘든 상황이 닥치면 늘 글을 썼다. 어느 정도 마음속의 고통, 상황을 꺼내 놓고 나면 그나마 마음이 조금은 가벼워졌다.

매일 친정에 간다. 아버지는 항암 치료를 두어 번 받고 그만두셨다. 매일 아버지를 살핀다. 최근 며칠 동안 식사를 거의 못 하고 계신다. 얼굴이 매우 수척해졌다. 이제 하루도 빠짐없이 다니던 노인회관에도 못 간다. 아버지는 하루가 다르게 쇠약해지고 있다. 마음이 뭔가에 짓눌린 듯 답답해 온다. 내가 할 수 있는 일은 아무것도 없다.

그사이 나는 첫 개인 저서 출간 계약을 하고, 출판사와 원고 수정 작업을 거쳐 책을 출간했다. 기쁘기도 하고 슬프기도 한 나날의 연속이었다. 마음이 종일 좋았다, 안 좋았다 반복했다. 답답한 마음은 일기장에 적었다. 일기에 이 상황을 자세히 적다 보면 아버지 편찮으신 것은 어쩔 수 없는 일이고, 자연의 이치는 거스를 수는 없다는 생각이 들었다. 상황을 받아들이고 내가 할 수 있는 일에 집중하자고 썼다. 마음이 조금 가벼워졌다. 글을 쓴 덕분이다.

살아가면서 누구나 아프고 힘든 순간이 있다. 지금의 나처럼 예기치 못하게 가족 중의 누군가 아플 수도 있고 커다란 실패를 겪을 수도 있다. 무겁고 아픈 마음을 종이에 적어 보자. 종이는 모두 다 받아 준다. 무엇을 쓰든 뭐라고 하지 않는다. 무겁던 마음이 조금은 가벼워질 수 있다. 한 번 써 보자.

배울 수 있어서, 글 쓸 수 있어서

이은설

그냥 왔다. 모든 것을 버리고 왔다. 30년 살아온 세월을 버리고 왔다. 시원하고 후련할 것 같았지만, 가슴에는 큰 돌덩이가 하나가 누르고 있었다. 마음이 착잡했다. 짧은 겨울 해는 이미 서산으로 넘어가고 주위는 어둑어둑하다. 어디로 가야 하나. 어떻게 가야 하나. 그 자리에 털썩 주저앉고 싶었다. 가방에 갈아입을 속옷 몇 장이 등 뒤에서 대롱거린다. 남동생이 집까지 오려면 시간이 걸리니 터미널에서 저녁을 한 그릇 먹고 오라고 했다. 지하 식당으로 내려가 국밥을 시켰다. 시킨 음식이 나왔지만, 목구멍에서 왈칵 서러움이 북받쳐 수저를 들 수 없었다. 배는 고프고 먹고는 살아야 하기에 국물 몇 숟갈 뜨다가 수저를 놓고 밖으로 나왔다. '내가 이렇게라도 살아야 하나. 내가 뭘 그렇게 잘못했는데…'

결혼 후 학원 하면서 아이 셋 키우며 열심히 살았다. 농사지으면서 교육받고, 공부하고, 블로그에 홍보해서 〈6시 내 고향〉과 여러 프로그램에 출연했다. 여성잡지 '퀸'에도 소개되고, 지방 신문에 홍보되기도 했다. 국무총리상을 비롯한 도지사상 여러 기관장 상을 받으며 나름 성공한 것 같았던 내가 왜 이렇게 되었을까.

작은 오피스텔을 하나 구해서 살았다. 아무것도 없는 텅 빈 방에 이불 하나와 부엌살림 몇 가지와 책상 하나가 전부였다. 새벽 6시 남동생이 태우러 오는 날은 5시에 일어나 준비하고 동생을 기다렸다. 행여내가 늦게 나가서 동생이 차에서 기다릴까, 마음이 조마조마했기 때문이다. 낮에는 여의도 모 아파트 지하상가에서 무채 작업을 했다. 작업한 무채는 노량진 수산시장 횟집에 납품했다. 처음 며칠은 한두 상자작업하고 나면 종일 할 일이 없었다. 노트북으로 인터넷 검색을 하면서 시간을 보냈다. 최신형이 아니었지만, 내가 세상과 소통하는 유일한 통로였다. 종일 사무실 겸 작업장에서 살았다. 살기 위해 사는 것이 아니라 죽지 못해 사는 정도였다. 꿈은 물론이고, 희망도 없었다. 잘못한 것도 없으면서 누가 나를 붙잡으러 올 것 같아 불안과 두려움에 떨었다. 아는 사람 하나 없는 곳에서 사람들 틈에 숨어 사는 느낌이었다. 내가 살고 있지만, 흔적을 남기지 못하는 나날이 계속되었다. 처음 며칠은 동생이 출퇴근을 도와주었다. 겨울에 다섯 시만 되면 어둠이 내리는데, 일을 마치고 5시 넘어서 집으로 가라고 했다. 요즘 같으면 눈 감고도 올 수 있는 길이지만, 집에 오는 길을 찾을 수가 없었다. 날이 어두워지니 방향 감각도 없었다. 이 길 따라 똑바로 가면 된다고 했지만, 동생에게 길을 찾을 수 없다는 말을 할 수가 없었다. 할 수 없이 지하철 한 정거장인 여의도역으로 다시 가서 5호선을 타고 신길역에 내렸다. 신길역에 내리면 집을 바로 찾을 수가 있었다. 다음 날부터는 집으로 오는 길을 익히기 위해 도로 표지판과 건물을 눈여겨보게 되었다. 무엇을 위해 사는지, 왜 사는지 생각 없이 하루하루 살았다. 신길역 지하철 안전문 공사가 한창이었다. 안전문이 완성되기 전철길에 뛰어내리면 어떻게 될까. 뛰어내리고 싶은 충동을 느꼈지만, 도저히 자신이 없었다.

신길에서 여의도까지 도보로 30분 남짓 걸리는 거리지만, 걸어 다니는 시간이 아까웠다. 시골에 있을 때는 계속 차로 이동했던 습관 때문이다. 출퇴근하는 사람들이 서울 따릉이를 타고 다니는 것을 보았다. 자전거를 타라고 하면 누구보다 잘 탈 자신이 있는데, 따릉이 이용 방법을 몰랐다. 어느 날 따릉이 이용소에서 이용 방법을 사진 찍었다. 따릉이 회원으로 가입했다. 이용권을 구매하고 앱을 깔았지만, 어떻게 이용하는지 몰랐다. 일단 따릉이 보관소로 갔다. 청년 한 사람이 있어서 용기를 내어 방법을 물었다. 다행히도 친절하게 가르쳐 주었다. 자전거 한 대를 선택하고 바코드를 찍으니 띠리링 소리가 나고 잠긴 열쇠가 풀어졌다. 신기했다. 입이 딱 벌어졌다. 자전거가 없는 내가 자전거 한 대를 새로 산 기분이 들었다. 어디든지 내가 가고 싶은 곳은 다 갈 수 있을 것 같았다. 여의도는 자전거 전용 도로가 따로 있어서 자전거로 이동하기 수월했다. 언젠가는 여의도에서 마포 쪽으로 가야 하는 일이 생겼다. 자전거를 타고 한강 다리를 건넜다. 지하철을 타고 건널 때와 느낌이 사뭇 달랐다. 거리가 꽤 멀었지만, 자전거로 건너기는 어렵지 않았다. 서강대교와 원효대교도 자전거로 건넜다. 다리의 난간이 나직했다. 저기로는 뛰어내려도 될 것 같았다. 충동을 느꼈지만, 시퍼런 물을 보니 겁이 났다. 그 순간 내가 이것밖에 되지 않나. 내 인생여기까지인가. 지금까지 고생하면서 살아왔는데, 여기서 그만둘 수는 없다. 생각이 들었다. 그래, 다시 도전하자. 최고의 복수는 내가 잘되는 것이다. 다시 주먹을 불끈 쥐었다.

서울에는 배울 곳이 많았다. 마음만 먹으면 무엇이든지 배울 수 있었다. 지자체마다 여성 인력개발센터가 있었고, 주민센터에는 강좌가넘쳐났다. 서울 50플러스센터 강의는 동년배끼리 소통의 장이 되기도했다. 서울이 정 붙이기 힘들고 마음 붙이기 어려운 곳이었지만, 배울곳이 많은 것은 내가 물 만난 고기 같았다. 모르는 것을 배울 수 있다는 것만으로도 살아가는 의미를 더해 주었다. 시골에서는 종일 일하고 나면 시간이 없어 배우지 못했다. 배울 공간도 흔치 않았다. 그나마농업기술센터에서 교육이 있으면 기를 쓰고 참석했다. 블로그는 주로농업인들이 일을 마친 야간에 배울 수밖에 없었다. 어쩌면 내가 버틸수 있었던 것은 새로운 '배움의 장'이 많았기 때문인지도 모르겠다. 50플러스센터에서 다양한 강좌가 열렸다. 평소에 배우고 싶었던 과정은물론이고, 책 쓰기와 글쓰기 강의는 거리를 불문하고 쫓아다녔다. 강좌 중에서 발 마사지를 배운 덕분에 필요한 어르신께 언제든지 해 드릴 수가 있었다. 50플러스센터에서 50여 개의 강좌를 수강한 것 같다.수강료가 저렴한 장점도 있었다. 나중에는 내가 당장 필요하고 생활에

접목할 수 있는 수업만 들어야겠다는 생각이 들었다. 모르는 것보다 아는 것이 낫다는 생각에 배웠지만, 시간 대비 효율을 생각할 때 무조건 많이 배운다고 좋은 것은 아니라는 생각이 들었다. 하나를 배워도 내 것으로 만들어 실생활에 적용할 수 있어야 제대로 된 배움이라고 할 수 있기 때문이다.

영등포 50플러스센터에서 책 쓰기 16주 과정을 마치고 출판기념회를 한다고 했다. 함께한 작가들은 가족과 친구 친지들이 와서 축하해 주었다. 첫해는 선배 기수들이 하는데, 스태프로 돕기만 했다. 가벼운 마음으로 도울 수가 있었다. 다음 기수에서 같이 배웠다. 공저를 썼다. 출판기념회를 하지 않으면 좋으련만, 또 한다고 했다. 입고 갈 옷이 마땅치 않았다. 매일 근무는 해야 하고, 옷은 구할 수가 없었다. 우여곡절 끝에 재가센터장이 준 원피스를 입고 참석했다. 야간 근무는 휴가를 냈다. 오전 근무 중에 빨리 오라는 전화가 서너 번씩 걸려 왔다. 마음이 급했다. 근무를 마치고 서둘러 행사장으로 갔다. 시간 여유가 있는 효숙 씨는 드레스를 갈아입고 시 낭송 연습을 하고 있었다. 남자 회원들은 정장에 나비넥타이를 매고 중창 연습을 하고 있었다. 댄스 연습을 하는 팀도 있었지만, 나는 근무해야 했기에 아무런 활동도 하지 못했다. 강당 로비에는 책이 전시되어 있고, 축하 화환도 제법 보였다. 시간이 있는 회원들은 기념 촬영을 하고 있었다. 나는 초대할 사람이 아무도 없었다. 남동생에게 부탁해도 되지만, 괜히 바쁜 사람 시간 뺏는 것 같아서 연락하지 않았다. 행사를 마치고 2차로 호프집을 갔다. 오래 앉아 있지 못하고 일어섰다. 일행을 뒤로하고 터벅터벅 걸었다. '내가 지금 가는 길이 옳은 길인가. 나는 왜 이렇게 살아야 하지. 글을 쓰는 것이 진정 내가 원하고 바라는 길인가.' 남들에 비해 초라한 내 모습을 드러내기 힘든 시간이었다. 문득 그런 생각이 떠올랐다. '고맙다. 내가 서울에 오지 않았다면 언제 서울 사람들과 어울려 책을 쓸 수 있을까. 덕분에 감사하다는 생각이 들었다. 지금 눈으로 보이는 겉모습이 중요한 게 아니다. 실속이 중요하다. 손님이 많이 온다고 성공한 것이 아니다. 나는 오늘 강당에 모인 백오십여 명의 사람들 앞에서 저자 특강을 할 수 있을 것이다. 그날을 위해서 오늘도 글을 쓴다. 책을 냈다고 작가가 아니라, 매일 글을 쓰는 사람이 작가다.' 하신 선생님 말씀이 들려온다. 다시 시작하기로 다짐했다.

지난 시간의 어려움이 있었기에 지금의 생활에 감사한다. 내가 모르는 것을 배우고 경험하는 것이 제대로 된 공부 아닐까. 글쓰기를 통해서 세상을 배우고 나를 돌아보게 되었다. 흔들리고 방황했던 내가 여기까지 올 수 있었던 것은 오직 글쓰기였음을 고백한다. 다이어리를 20년째 쓰고 대학노트 한쪽 일기는 2년 가까이 썼다. 수업 시간에 메모를 하고 자료를 참고하면서 부족한 부분을 채우고 있다. 배울 수 있고, 글 쓸 수 있는 지금의 내 모습이 감사하다. 매일 신나게 살 수 있어 행복하다.

침묵 속의 속삭임

이은정

'침묵 수행 중'

포스트잇에 크게 적고, 방문 손잡이 부근에 붙였습니다. 방해받지 않는 혼자만의 공간이죠. 고요합니다. 편안합니다. 언제부턴가 머리에 통증이 오면 숨고 싶었습니다. 반복하다 보니 버릇이 된 걸까요? 두통뿐 아니라 마음이 혼란스러울 때, 생각이 복잡할 때, 아무 이유 없이 울적할 때면 방문을 걸어 잠급니다. 처음엔 몰랐습니다. 아이들이 눈치를 보고 있다는 것을. 방에 틀어박혀 있으니, 들어오고 나가는 걸 확인할 길이 없습니다. 적어도 침묵 중에는 시간이 어떻게 흐르는지도 모를 만큼 몰입하죠. 빠른 날은 한 시간도 안 되어 멈춥니다. 긴 날은 15일간 방 안에서 나오질 않았죠. 그날은 아마도 처음 종양 진단을 받았을 때였던 것 같습니다.

방은 내가 가장 좋아하는 공간입니다. 생각과 성찰을 위한 안식처죠. 종종 앉거나 누워서 명상합니다. 이른 새벽, 부드럽고 희미한 불빛

속에서! 그야말로 심오하고 평화로운 찰나죠. 방 밖은 막 움직이기 시작하더니 곧 시끄럽습니다. 순간, 명상과 글쓰기를 합쳐 보면 어떨까 생각했죠. 두통에 압도되어 힘들고 아픈 순간을 편안하게 안내할 거란 예감이 들었거든요. 생각을 실천으로 옮겼죠. 메모장을 펼치고, 볼펜을 들었습니다. 떠오르는 것들을 마구 써 내려갔습니다. 설명할 수도 없고 이해할 수도 없을 만큼 신기하고 묘했습니다. 내 영혼의 성소에서 속삭이는 메아리였지요. 어쩌면 두통을 잊고 통증이 사라지는 곳으로의 순례랄까요. 머리가 깨질 듯 아프니 생각이 여기저기 흩어집니다. 그걸 모으기 위해 잠시 쉬면서 침묵하지요. 쓰다 말기를 반복하면서. 글쓰기와 침묵의 조화를 발견했습니다. 끊임없이 요동치는 마음속 잡담이 글 쓰며 정리가 되죠. 고요한 자각의 상태로 부드럽게 달래주는 명상, 곧 글 쓰는 시간입니다.

처음부터 글을 쓴 건 아니에요. 통증에 압도되면 아무것도 할 수 없었으니까요. 머리를 쥐어뜯는 것 말곤. 밖에 나가 걷거나, 산에 가거나, 노래를 부르거나, 책을 읽거나…… 무엇이든 액션을 하며 통증을 잊으려 했죠. 잠깐의 회복을 맛보니까요. 어느 날, 머리가 욱신거리면서 망치로 때리면 울리듯 쿵쿵댑니다. 눈은 충혈되고, 역겨운 냄새가 진동합니다. 심하면 구토까지 합니다. 해는 떴는데 시야가 흐려 제대로 보이지 않습니다. 드문드문 뿌옇거나 붉은 반점이 보일 때도 있고요. 때론 지그재그 불빛이 나타나거나 사물이 일그러져 보이기도 합니다. 그야말로 전쟁터가 따로 없죠. 그저 침묵만 할 뿐. 입 다물고 조용히 있는 시간이 길어지면서 깨달았죠. 몸과 마음의 상태는 매 순간 변한다는 걸. 감정을 떠올렸죠. 흘러가 버립니다. 다양한 느낌을 글로 남겨 보았죠. 마음에서 올라오는 걸 적었습니다. 미친 듯이 날뛰는 복잡한 생각이 점차 느려집니다. 마음 상태는 조용하고 평화로워졌고요. 아니 뚜렷하고 분명해졌지요. 점차 통증은 사라지고, 글 쓰고 있는 나만 보이더군요. 글을 쓰니까 가능했던 거죠. '아프면 쓰자!'라고 마음먹었죠. 글을 쓰고 싶은 욕구가 생긴 겁니다. 아프고 힘든 순간에 글쓰기는 치유의 서곡임을 확인한 셈이죠. 글쓰기는 나의 피난처임을. 아무 생각 없이! 판단이나 비난 없이! 두려움 없이! 있는 그대로 떠오르는 걸 쏟아냅니다. 몸과 마음의 상처가 회복될 때까지.

몸이 아프면 병원에서 치료받고 회복됩니다. 나에겐 글쓰기가 그러합니다. 노트에 적힌 알 수 없는 온갖 메모들은 회복의 시작이었지요. 처음엔 그저 점 하나였습니다. 밀려오는 파도에 맞서 이리저리 헤매며 길을 잃은 물방울에 불과했죠. 며칠이 몇 주가 되고, 몇 주가 몇 달이 지나면 물방울은 호수가 되지요. 그걸 알아차렸습니다. 통증이 올 때마다 아픔을 뒤로한 채, 노트에 꾸역꾸역 적었죠. 어떤 날은 오랜 친구에게 말하듯 슬픔에 대해 언급했고요. 또 어떤 날은 의사에게 진찰받는 것처럼 다 상상하며 통증의 강도와 증상을 적었죠. 통증의 존재를 빌런으로 보지 않았습니다. 나를 살아 있다고 자각하게 해 주는 동력으로 선언한 겁니다. 한때 외로운 침묵이나 끊임없이 흐르던 눈물로 보낸 게 하세월입니다. 이제 와 생각하니 어처구니없습니다. 피식 웃음이 나옵니다.

한번은 과거의 나에게 편지를 썼습니다. "안녕! 오랜만이야. 26살 어린 나이에 시집와서 종손 집 맏며느리에 아이 셋. 강의한다고 일찍 나가면, 아이 셋을 챙겨서 학교에 보내고 챙겨 주느라 정작 본인 일은 제대로 하지도 못한 남편. 고마웠고, 미안했다. 학교 문제로 혼란스러웠을 때 도망칠 수밖에 없었던 너를 이해해. 많이 아팠지. 힘들었을 테고. 잘 살아 줘서 고마워. 버텨 내고 있는 네가 대견해. 먹구름이 가득한 하늘도 비가 내린 후에는 맑은 하늘이 되잖아. 힘들 때는 얼마든지 펑펑 울어. 울어도 괜찮아. 금방 맑아질 테니까. 뭘 하든지 너의 존재를 잃지 않길. 너의 빛을 잃지 않길 간절히 바랄게……" 아프고 힘들었던 나를 떠올리며 위로해 주었죠. 꺼이꺼이! 터지고 말았습니다. 계속 적어 내려갔죠. 철저하게 무너진 꿈, 어긋난 계획들, 동시에 새로운 시작과 내일을 위한 기도 등. 그야말로 나를 치유하는 의지의 순간이었습니다. 당시 나를 삼키려고 위협했던 그림자로부터 도망치려는 의지를 재확인했죠. 감정의 미로를 성찰한 겁니다. 단어들은 내 고통의 복잡함을 풀어내기 위한 한 걸음이었지요. 그래요. 진리는 단순합니다. 심오한 행위 중 하나가 '감사'의 힘이죠. 아픔과 시련 속에서 바램을 찾았고, 삶을 축복하기로 했죠. 그 후 남편에게, 외국으로 유학 간 큰딸에게 그리고 부모님께 '감사한 일 100가지'를 적어서 편지를 보냈습니다. 감회가 남다릅니다.

살면서 아프고 힘든 순간이 존재합니다. 어렵거나 막다른 절정에 이르기도 하죠. 화가 나고 속상합니다. 때론 분하고 억울해서 쓰리고 아프기도 합니다. 그러나 도망치는 것보다 침묵으로 고요함과 마주합니다. 그리고 글을 쓰면서 심오하고 통찰력 있는 소통을 합니다. 날카로운 송곳이나 칼로 찌르는 듯한 통증과 부정적인 감정의 찌꺼기를 한 겹씩 벗겨 내고 싶거든요. 글은 마음의 표현을 넘어 나를 더 깊이 이해하는 거울입니다. 정직하고 성찰적인 내면의 반영이랄까요. 치유의 길을 걷는 사람들을 위해 밝히는 등불로써 글을 씁니다. 침묵의 힘, 성찰의 아름다움, 회복과 치유를 위한 증거죠. 내 글에 의미와 가치를 담아 침묵의 온화한 포옹 속에 빠져듭니다.

글로 풀었습니다

이은희

"글로 풀었습니다."

『누가 뭐래도 나는 헤픈 여자다』를 출간하고, 책 소개를 할 때 썼던 문장이다. 말 그대로 나는 글로 풀었다. 아프고 힘든 순간을 모조리 글로 몽땅 쏟아 냈다. 몇 년 전, 아버지는 더 이상 아프지 않은 곳에 가셨다. 몇 년 전이라고 쓰는 이유는 떠난 횟수를 굳이 세고 싶지 않기 때문이다. 세는 순간 누군가 "그 정도 세월이 흘렀으면 괜찮아졌겠네."라는 말을 듣게 될까 봐. 남들은 시간이 갈수록 무뎌진다고 했다. 새빨간 거짓말이었다. 오히려 시간과 그리움은 비례했다. '아버지'라는 세 글자만 들어도 목이 콱 막히고 눈이 뜨거워졌다.

제주도에서 1년을 살았을 때다.

"딸이 제주도에 있으니까 놀러 와요!"

그 당시 아버지는 스무 번이 넘는 방사선과 여섯 번째 항암 치료를 마친 후였다. 아버지는 늘 여행이라면 손사래를 쳤다. 돈 때문이었다. 숙소 잡을 필요 없이 딸 집에서 묵으면 된다며, 지금 아니면 언제 제주도를 구경하겠냐며 협박에 가까운 설득을 끈질기게 했다. 몇 달 만에 본 아버지는 몰라보게 가늘어져 있었다. 아디다스 추리닝 바지를 입고 있었다. 못 보던 바지였다. 제주도 여행 간다며 급하게 어머니와 함께 이마트에서 샀다고 했다. 체중이 줄어 맞는 바지가 없었다며, 그래도 요즘 제일 나가는 디자인으로 샀다며 아버지는 어색하게 웃었다.

"세상에! 이게 어디 사람 사는 곳이니?"

딸 집에 오자마자 아버지가 제일 먼저 한 일은 청소기를 돌리는 일이었다. 먼지 하나 없이 늘 깔끔하게 주변을 관리하는 아버지가 보기에는 내 집은 난장판이었다. 손이 빨갛게 되도록 찬물에 걸레를 빨았다. 그리고 구석구석 먼지가 수북한 곳곳을 싹싹 문질러 닦아 내기 시작했다. 미치고 팔짝 뛸 노릇이었다. 아무리 말려도 소용없었다. 나도 모르게 소리를 빽 질렀다.

"진짜 이럴 거면 당장 돌아가세요. 누가 청소해 주러 오라고 했어요?"

소용없었다. 아버지는 딸 집에 머무는 동안 청소, 빨래 그리고 설거지까지 몽땅 손을 걷어붙이고 했다. 고맙다는 소리 한번 하지 않았다. 하고 싶지 않았다. 오히려 아버지를 나무라듯이 말했다.

"진짜 아빠 때문에 못 살아. 누가 집안일 해 달라고 했어요?"

광주로 떠나는 마지막 날, 아버지는 혼자 새벽에 일어나 음식 쓰레기까지 버리고 가셨다. 끝까지 "고맙습니다."라는 말은 하지 않았다. 그게 아버지와의 마지막 기억이다.

아버지를 더는 아프지 않은 곳으로 보내고 글을 쓰기 시작했다. 백지 위에 나를 쏟아 냈을 때 가장 큰 아픔은 '아버지'였다. 아버지만 생각하면 가슴에 돌덩어리 하나가 얹혀 있는 것 같았다. 이내 굵은 눈물이 뚝뚝 떨어졌다. 할 수 있는 일은 글로 쏟아 내는 것 말고는 달리 할 게 없었다. 셋째 딸로 태어났다. 단 한 번도 매를 들거나 큰 소리로 혼낸 적이 없었다. 그저 감탄해 주고 뒤에서 묵묵히 지켜봐 주었다. 아버지가 나에게 주었던 사랑을 문장으로 옮겨 담았다. 하루는 카페에서 아버지와 있었던 일화를 쓰다가 울컥했던 감정이 쉽게 가라앉지 않았다. 미친년처럼 울었다. 영문을 모르는 주변 사람들이 놀라 쳐다봤다. 꺼이꺼이 우는 소리를 삼키려고 했지만 도통 삼켜지지 않았다. 오열하다시피 한참을 토해 냈다. 그리고 글로 풀었다. 아버지에 대한 그리움, 뒤늦은 후회를……. 그리고 다짐했다.
'나중에 글로 후회하지 말자.'

일요일 오후, 어머니에게 전화가 왔다.
"저녁에 올 거니?"
무릎 수술이 끝나고 퇴원한 후다. 손주들 얼굴이 보고 싶은 눈치다. 일찌감치 일을 끝내고 어머니 집에 들렀다. 싱크대에서 분주히 무언가를 하고 있다.
"엄마! 저 왔어요!"

못 들은 듯하다. 어머니는 귀가 불편하다. 얼굴을 보며 큰 소리로 말해야 그나마 이해할 수 있다. 아직 성하지도 않은 무릎으로 저녁 준비를 하고 있었다. 자식들 밥이라고 하면 늘 어머니는 비장해진다. 어디서 저런 괴력이 나오는지 의문이다. 무릎은 수술 바늘 자국 주변으로 뻘겋게 부어 있다. 상추를 휘리릭 씻어 놓고, 양념에 재워 둔 소고기를 프라이팬에 굽는다. 소고기가 익는 동안 손주가 좋아하는 잡채를 무친다. 어머니는 시금치와 당근 채를 넣어가며 간을 본다. 아무래도 싱거운 것 같다며 간장을 한 스푼 넣는다. 간 좀 봐 달라며 입에 넣어준다. 예전 같으면 "무릎 아픈데 왜 사서 고생을 해?"라며 어머니에게 소리부터 질렀을 것이다. 넙죽 받아먹었다.

"어때? 좀 짭짤해야 맛있지?"

씩 웃으며 엄지손가락을 세워 보였다. 어머니의 목소리는 생기로 가득 차 있었다. 당신이 자식에게 무언가를 해 줄 수 있다는 기쁨과 환희였다.

지금은 알고 있다. 늙고 아픈 몸이지만 자식들에게 끝까지 도움이 되고 싶은 마음을. 아직 인간이 덜된지라 종종 화가 나기도 한다. 그러다 크게 숨을 들이마신다.

'글로 후회하지 말자. 지금 어머니가 원하는 것을 해 드리자.'

그저 맛있게 먹었다. 이런 음식은 밖에서 돈 주고도 먹을 수 없다며 감사하다고 했다. 내 마음 편해지자고 지금 어머니에게 못된 소리를 하면, 분명 카페에서 또 미친년처럼 울고 있을 게 뻔하다. 글을 쓰면서 깨달았다. 글로 후회하는 일을 남기지 말자고.

　우리는 스트레스를 받으면, 다양한 방법으로 해소한다. 남편은 운동하고, 내 친구 J는 본인이 사고 싶었던 옷을 산다. 나는 아프고 힘들수록 글로 푼다. 잘 쓰고 싶다는 욕심을 내려놓으면 글처럼 좋은 벗은 없었다. 누구에게 심사받을 것도 아니니 버릴 작정으로 그냥 마음 가는 대로 막 쓴다. 있었던 일 그대로 계속 쓰다 보면 내가 그 사건을 어떻게 받아들여야 할지 조금은 답이 보이기도 한다. 며칠 전, 아파트 수도 배관 청소가 있던 날이었다. 청소가 끝나고 물을 틀었다. 처음에는 녹물이 쏟아져 나왔다. 기다렸다. 점차 맑은 물로 변해 갔다. 물끄러미 쳐다봤다. 마치 글을 쓰기 전과 글을 쓰고 난 후의 내 모습 같았다. 글을 쓰기 전에는 나를 자책하기도 하고 다른 사람 말에 휘둘리기도 했다. 불순물로 가득했다. 글을 쓰면서 나를 돌아보고 알아갈 수 있었다. 물이 맑아지듯 내가 보였다.

　'그때 내가 이렇게 말했더라면 얼마나 좋았을까.'

　지금도 글을 쓰며 수없이 후회하고 반성한다. 달라진 게 있다면 글을 쓰면서 나를 바라보게 된다는 것이다. 지금, 이 글을 읽고 있는 누군가가 어떤 일로 아파하고 있다면 주저 없이 권한다. 글을 통해 당신의 상처와 아픔을 풀어보기를. 술과 담배는 몸에 해롭고, 쇼핑은 돈 나간다. 글쓰기는 나를 견고하게 만든다. 그리고 그 글이 책으로까지 출간된다면 나처럼 고민을 안고 살아가는 누군가에게 도움이 될 수도 있다. 글쓰기보다 더 좋은 방법이 있을까? 지금까지 찾지 못했다. 앞으로도 없을 예정이나.

누가 뭐래도 글쓰기가 최고다!

불안해지면 읽고 쓴다

정원희

기록은 시간을 가치 있게 만들어 준다. 짧은 순간도 놓치지 않기 위해 기록했다.

새로운 일을 시작하면 신나는 한편, 불안한 마음도 있다. 낯선 곳을 여행할 때의 느낌이다. 먼저 그 길을 가 본 사람들의 글이나 책을 읽으면 도움이 된다.

인생을 살아가면서 만나게 되는 크고 작은 사건들이 있다. 큰 상처를 남기기도 하고, 회복되는 데 오래 걸리는 경우들도 있다. 그 해결의 통제력을 내가 스스로 가지는 것이 좋다. 해결을 다른 사람에게 맡기지 않는 것이다. 누군가의 위로와 격려가 도움이 되기는 하겠지만, 결국 그 해결의 열쇠는 스스로 가지는 것이 좋다.

서른다섯 살에 엄마가 되었다. 2008년 1월에 출산하고 45일 만에 첫 강의를 했다. 엄마가 되었지만, 여전히 나의 꿈을 향해 가고 있는 강사이기도 했다. 어린아이를 돌봐 줄 사람이 필요했다. 집에서 아이를 돌봐 주는 사람을 쓰려고 하니, 비용이 부담스러웠다. 낯선 사람과 아이 둘만 둔다는 것도 불안했다. 영유아를 전담으로 하는 가정 어린이집이 마침 아파트 단지 내에 있었다. 태어난 지 45일이 된 아이를 맡길 수 있는 곳이었다.

지방으로 강의하러 가는 날은 전투를 앞둔 조용한 전쟁터 같았다. 새벽 4시에 일어난다. 화장하고, 옷을 챙겨 입는다. 남편을 조용히 깨운다. 아이가 하루 동안 사용할 우유병과 기저귀를 챙겨 가방에 넣는다. 내가 어린이집 갈 가방을 챙기는 동안, 남편은 곤히 자는 아이를 이불에 싼다. 어느덧 시계가 6시를 향하고 있다. 나의 양손에는 큰 가방 두 개가 들려 있다. 노트북 가방과 기저귀 가방이다. 남편은 아이를 안고 있다. 지방 대학으로 가는 셔틀버스 타는 곳까지 나를 차로 데려다주어야 했다. 9시에 시작하는 수업 시간에 맞추기 위해서는 사당역에 7시까지는 도착해야 한다. 6시에 정릉에서 출발해야 버스를 탈 수 있다. 아이를 카시트에 앉히고 새벽에 세 가족이 집을 나선다. 나를 내려 주고, 남편은 다시 집으로 가서 9시가 되기를 기다렸다가 아이를 어린이집에 데려다주고 출근했다.

9시부터 아이를 맡길 수 있었다. 가끔 저녁 강의가 있거나 일이 있는 날에는 늦게까지 아이를 어린이집에 맡겨야 했다. 다행히 원장 선생님의 집에서 운영하는 어린이집이었기 때문에 시간 연장이 가능했다. 일과가 끝난 후 5시쯤 정원이와 함께 집에 왔다. 정원이의 유치원 가방에는 어린이집의 수첩이 있었다. 정원이가 온종일 어떻게 놀았는지, 잠자는 것은 어땠는지, 아픈 데는 없었는지를 상세하게 적은 노트였다. 서울에서 초보 엄마로서 보냈던 일 년의 시간은 가장 힘들었던 엄마로서의 순간이었다. 엄마로서 할 줄 아는 것이 없었다. 엄마가 아닌 '정원희'가 해야 할 일이 여전히 많았다.

어린 정원이를 어린이집에 맡기는 나에게 모성애가 없다고 말하는 이들도 있었다. 엄마의 자격을 운운했다.

"어떻게 그렇게 어린아이를 남의 손에 맡길 수 있어?"
"어린이집에서 일어나는 사고들을 보면 믿을 수 없는 곳이야."

사람들이 하는 이야기에 귀를 막았다. 대신 책을 읽었다. 신생아를 키우는 엄마가 알아야 하는 최소한의 것이라도 배우고 싶었다. 선생님이 적어 주신 수첩을 보며 낮에 잘 지냈을 아이의 시간을 상상했다. 집에서도 어떻게 보냈는지를 수첩의 한쪽에 적었다. 아이는 아직 말을 할 수 없는 상황이었으니 관찰을 하는 어른들의 눈으로 소통했다.

절대적 시간만이 육아의 질을 높이는 것은 아니라고 믿었다. 정원이와 함께 보내는 시간에 대한 질을 높이려고 했다. 항상 같이 있어 주지 못하는 엄마의 미안함은 가지지 않기로 했다. 아쉬움이나 안타까움 정도다.

1년을 서울에서 아이를 키우다가 지방으로 내려가게 되었다. 마산에 있는 대학교수 자리가 나서이다. 친정 부모님이 계신 부산과 가까웠기 때문에 육아에 대한 부담은 훨씬 가벼워졌다.

엄마가 되고 난 이후 나는 엄마 일기를 썼다. 육아에 시간을 많이 내지 않는다고 해서 아이에게 관심이 없거나, 엄마로서 소홀해지고 싶다는 것은 아니다. 엄마로만 살아갈 수 없는 시간들과 다른 역할이 있는 것이다.

"에미가 되어서……."

어른들의 이런 말을 뒤로하고 나는 나만의 방법을 찾아 나갔다. 정원이가 말을 하기 시작하면서는 '정원이의 어록'을 남겼다. 핑크 돼지의 태몽으로부터 도시로 유학 가서 엄마 없이 살 정도로 커 버린 아들의 이야기는 나의 기록 속에 생생하게 남아 있다.

풀타임 엄마로만 살 수 없었던 나를 자책하지 않았다. 할 수 있을 때 최선을 다했다. 힘들었던 순간, 기뻤던 순간, 엄마로서 뭉클했던 순간을 글로 남겼다. 이 기록들을 정리하여 엄마 일기로 책을 펴낼 예정이다. 나에게 '엄마'의 삶을 선물해 준 아이를 위한 선물이 될 것이다. 직장 생활을 하며 육아를 하는 초보 엄마들에게도 위안이 될 것이다.

지금이 힘들다면 글을 쓰라고 하고 싶다. 누군가의 조언이 필요하다면, 먼저 경험한 선배들의 책을 읽으면 된다. 그러면 거기에 나의 경험이 보태져서 나만의 방식이 쌓여 갈 것이다.

2020년은 특별한 한 해였다. 전국을 다니며 사람들을 만나고, 외국을 자주 나가는 나에게는 감옥과도 같았다. 코로나19로 인해 사람들을 만나거나 외출하는 것을 자제해야 했다. 학생들은 온라인 수업을 했고, 직장인들은 재택근무를 했다. 오랜만에 좋았다. 늘 운전을 하거나 장거리 비행기를 타야 했던 나에게 집은 편안한 휴식처였다. 한두 달이면 정리될 것으로 생각했기 때문이다.

상황이 장기전으로 갈 것 같다고 판단했을 때 뭐라도 해야겠다고 생각했다. 안방과 화장실 사이에 연결된 옷 방을 비웠다. 화장대도 치우고, 옷도 정리했다. 거실에 있던 책상과 책장을 들여왔다. 집 안에서도 더 고립되기 위한 나만의 작업실을 만들었다. 미뤄두었던 여행 에세이의 초고를 쓰기 시작했다. 20대부터의 여행 경험을 한 꼭지씩 써 내려갔다. 여행하는 기분이었다. 만날 수 없고, 떠날 수 없어서 완성하게 된 여행 에세이다.

코로나는 내가 만든 상황은 아니지만, 그 시간을 어떻게 보낼 것인가는 각자의 몫이었다. 결국, 나는 코로나 덕분에 쓸 수 있었다고 말하게 되었다. 글쓰기를 통해 위로받고 성장하였다. 원래 알고 있었던 지인들, 친구들을 만나러 다니는 것은 불가능했지만, 온라인 세상에서 새로운 친구들을 사귀게 되었다. 글쓰기는 나에게 무한한 가능성을 열어 준다.

힘이 들고 걱정이 많아지는 순간에 노트를 꺼낸다. 현재 상황과 나의 감정을 정리하다 보면 내가 할 수 있는 것과 할 수 없는 일이 나누어진다. 내 통제력 안에 있는 일은 최선의 방법을 찾아 빠르게 해결해 나간다. 아무리 고민을 해도 걱정밖에 할 수 없고, 더 불안해진다면 그것을 멈춘다. 시간이 지나고 상황이 바뀌기를 기다린다. 기다림 속 불안을 해소해 줄 수 있는 것이 글쓰기였다.

∽ 3장 ∽

화가 나서
견딜 수 없을 때

딱 5분만!

김미예

'미친놈.'

다짜고짜 전화해서 내 매물이 모두 없어졌다며 고래고래 소리를 지릅니다. 강성 민원에 개발부서에 재빨리 확인 요청했습니다. 재깍재깍 시계 초침 소리가 유난히 크게 들립니다. 답변이 없습니다. 초조합니다.

하루, 적게는 50통, 많게는 70통에 가까운 상담을 합니다. 별의별 사람이 다 있습니다. 20년 동안 콜센터에서 일하다 보니 광고주의 고충을 누구보다 잘 압니다. 그러나 내 직원에게 폭언이나 욕설을 하는 건참을 수 없었습니다. 욱하는 감정이 올라왔습니다. 기분이 유쾌하지 않았습니다.

가슴 답답한 날, 한 번씩 진상 광고주의 전화를 받으면 뭘 해도 일이 손에 잡히지 않습니다. 1월 2일 새해를 맞이하고 즐겁게 출근했는데,

첫 전화가 강성 민원에 시달리면, 종일 뒤엉키고 문제가 생깁니다. 의욕도 떨어졌습니다. 나도 모르게 노트 귀퉁이에 '미친놈, 거지 같은 놈'이라 쓰고 한참을 노려봤습니다. 이렇게라도 하지 않으면 폭발할 것 같았습니다.

목에 핏대를 세워 가며 내 감정을 쏟아부었던 적이 있습니다. 당연히 결과는 좋지 않았습니다. 조금만 참자. '참을 인' 세 번이면 살인도 면한다는데 추스르자. 다독였습니다. 그래도 진정되지 않았습니다. 자리에서 일어났다 앉았다 반복했습니다. 이런 와중에 대행사 대표는 여러 가지 일을 한꺼번에 시킵니다. 기계도 아니고, 지금 일하고 있는데. 업무량 과다로 스트레스가 쌓였습니다. 급한데 개발부서는 답변이 없고, 광고주는 시간마다 전화해 따지듯 묻고, 불평불만을 쏟아 냅니다. 대표는 전화해 이 일 저 일 두서없이 지시하고는 끊어 버립니다. 울화통이 터져 밖으로 나갔습니다. 찬바람이 훅하고 들어왔습니다. 5분 거리 밖까지 나갔습니다. 잔뜩 웅크리고 지나가는 사람들, 신호 대기에서 유모차를 세워 두고 아기를 보며 신호가 바뀔 기다리는 엄마, 한산하지만 버스와 자동차들이 지나다녔습니다. 점심시간이 다가오는지 삼삼오오 거리로 나온 사람들도 눈에 띄었습니다.

처음 콜센터 업무를 소개해 준 내 사수가 생각났습니다. 후배가 부르르 떨고 있으면 조용히 다가와 "김 과장아, 참아. 5분만! 그러면 조금은 괜찮아져. 별거 아니야. 마음먹기에 달렸어. 심호흡을 크게 하고, 더도 말고 딱 5분만 견뎌 봐. 그것도 처음엔 안 된다? 연습이 필요해.

김 과장! 지금 얼굴에 티 나. 상대에게 패가 읽히면 지는 거 몰라? 사회생활 한참 멀었네. 그래 가지고 큰일 어떻게 하려고 그래. 5분만 참는 연습해 봐. 꼭이야." 남의 속도 모르고 사수는 내 속을 박박 긁어놓고 자리를 떴습니다.

생각해 봅니다. 5분? 길다. 화가 치밀어 오르는 데 5분이라니. 1분 1초도 아까운데 한 사람 때문에 에너지를 낭비하는 것 같아 사수의 조언이 귀에 들어오지 않았습니다. 광고주에게 전화했습니다. 다섯 번의 벨이 울린 후 상대는 받았습니다. 아까와는 다른 지적을 하는 겁니다. 일단 들었습니다. 회사의 서비스가 엉망이며 인지도도 떨어진다고 말을 돌렸습니다. 하지 말아야 할 말을 해 버렸습니다.

"환불해 드릴 테니 다른 플랫폼을 이용해 주세요!"

"야! 너 뭐야! 사장 나오라 해."

골치가 아팠습니다. 참지 못해 서로 언성이 높아졌습니다. 뒤늦게 수습했지만 아찔했습니다. 글을 쓰고 책을 조금씩 읽으면서 마음공부를 많이 했다고 생각했습니다. 아직도 멀었습니다.

그렇다면 분노를 삭이려면 어떻게 해야 할까요?

첫째, 일기를 씁니다. 나만 볼 수 있는 노트이기 때문에 아무 말이나 마구 끄적입니다. 욕도 빠질 수 없습니다. 감정을 적어 내려가다 보면 스트레스가 풀리고 마음의 안정을 찾게 됩니다. 머리나 마음으로만 생각하면, 복잡하고 혼란스럽기만 합니다. 백지 위에 지금의 기분을 적어 내려가면 문제를 해결할 실마리가 보입니다. 특히나 일기는 기억을 담아 둘 수도 있고, 자신을 돌아볼 수 있는 기회가 되기도 합니다. 소중한 순간들을 기록하면 애써 기억해 내려 하지 않아도 됩니다. 나에 대해 생각해 본 적이 드문 우리는 내 감정이 언제 좋은지 나쁜지 잘 모릅니다. 하루 5분이라도 나의 하루를 돌아보는 데 일기만 한 것도 없지요. 자기 성장을 제대로 할 수 있다고 생각합니다. 그래서인지 글쓰기 코치 이은대 작가는 다른 건 몰라도 일기는 꼭 써 보라고 권합니다. 마음이 심란하고 풀리지 않을 때 일기 쓰기가 마음 정리에 도움이 되었습니다.

둘째, 블로그 페이지를 열어 낙서하듯 메모합니다. 좋아하는 사진을 가져와 내 기분과 맞춰 보기도 합니다. 왜 기분이 나쁘고 감정이 가라앉지 않는지 하나하나 써 봅니다. 잘 쓸 필요 없습니다. 그냥 손 가는 대로 적습니다. 한참 단어와 문장을 만들고 좋아하는 사진을 가지고 이리저리 조합하다 보면 내가 뭐 때문에 화가 났었는지 잊게 됩니다. 마술 같습니다. 다시 한번 읽어 보고 피식 웃어 버립니다. 남을 비방하는 문장이나 단어다 싶으면 지우면 그만입니다. 이게 글의 힘이 아닐까 생각합니다.

셋째, 생각 정리가 필요합니다. 일기를 쓰고 블로그에 글을 정리했다면, 그리고 스트레스가 조금 풀렸다면, 찬찬히 나의 생각을 들여다봅니다. 글로 쓰는 것이 만병통치약은 아니겠지만 사리 분별은 할 수 있습니다. 몇 줄 적음으로써 격한 감정을 삭일 수 있는 좋은 도구이지요. 한 번 보고 또 보면서 이것이 전부였나 생각해 볼 수 있고, 내가 틀릴 수도 있구나, 상대방은 나와 다르구나 확인할 수 있습니다.

사람들과 부딪혀 살다 보면 이런 일, 저런 일이 생깁니다. 그때마다 으르렁거리며 달려들면 해결이 될 거란 착각을 합니다. 제가 그랬습니다. 딱! 5분만 멈추고 기다려 주세요. 시간은 생각보다 꽤 많은 것을 달라지게 해 줍니다. 그 5분이 격한 감정을 가라앉게 만들고, 미워하는 마음을 사라지게 하고, 별거 아니었구나 느낄 수 있게 해줍니다. 그리고 사흘만 지나도 크게만 느껴졌던 일들이 기억조차 없어질 겁니다. 이런 생각들을 정리할 시간을 갖는 것이 나를 단단하게 만듭니다.

화가 날 때마다 감정을 조절한다는 건 쉽지 않습니다. 욱하는 마음에 소리를 지르기도 합니다. 시간이 약이라는 말도 있습니다. 지나가면 감정은 가라앉기 마련입니다. 그 에너지를 다른 사람 돕는 데 쓰면 좋겠습니다.

분노와 독대하다

김선황

호텔 방 안이 조용했다. 함께 여행 온 선생님들은 이미 침대에 있었다. 구석으로 밀린 책상 위 스탠드 불빛과 창문 밖 가로등이 방 안을 비추고 있었다. 여행 4일 차, 오늘도 1만 걸음 정도 걸었다. 무게 추를 매단 그물처럼 다리를 들어 올리기 힘들었다. 한국 시간으로 밤 11시이고, 시드니 시간으로는 새벽 1시다. 머리만 누이면 바로 곯아떨어질 텐데 나는 책상 앞에 앉아 있다. 아직 화를 분출하지 못했고 삭이지도 못했다.

애초에 4명이 함께하기로 한 여행이었다. 12월 15일 출발일을 정하고 일찌감치 여행사에 예약했다. 여행사에서 11월이 되어야 출발 확정이 된다고 했다. 변경 사항이 있을 수 있다고 했는데, 귓등으로 들었다. 호주 세 도시를 저렴하게 여행하고, 김해-인천공항 국내선 비행기 연결도 할 수 있는 상품이었다. 그런데 여행사에서 상품이 취소되었다며 다른 상품을 안내하는 것이었다. 여행사에 이유를 물으니 항공사 측에서 일정을 바꾼 거라 자신들도 어쩔 수 없다고 했다. 처음부터 다시 고민해야 하는 상황이었다. 비슷한 조건으로 다른 여행사를 알아보니 인당 100만 원 이상 차이 났다. 의견이 나뉘기 시작했다. 이러다 여행 자체가 취소될지도 몰랐다. 여행지는 호주로 고정하고 우리 일정에 맞는 여행 상품을 찾기로 했다. 이런 혼란을 피하려고 4개월 전에 상품을 비교하고 결정한 건데, 2개월 앞두고 새로운 고민을 해야 했다. 혹시나 하고 며칠 뒤 같은 상품을 조회했다. 80만 원 정도 금액이 인상된 금액으로 여행객을 모집하고 있었다. 머리로는 이해하지만, 가슴은 그렇지 못했다. 동료 선생님에게 전화로 잠깐 투덜거렸다.

'음, 글감인데? 앗싸, 글감이다!'

수다 후 감정 찌꺼기를 곱씹는 대신 수첩을 열었다. 아침마다 SNS에 '모닝 저널'을 발행하고 있다. 눈에 띄는 대로 일상에서 글감을 수집한다. 짧은 글이라도 시간이 제법 걸리고 신경이 쓰이는데, 가장 중요한 것이 글 재료다. 당장 글감으로 쓰지 않더라도 일단 내용을 날것 상태로 메모한다. 새벽마다 글감을 다듬어 모닝 저널을 완성한다. 글감 하나 건졌다는 생각에 아까의 분노는 안드로메다로 가 버리고, 만족감이 전신을 감쌌다.

동료 선생님들이 꼼꼼하게 상품을 비교해서 호주 시드니와 멜버른 두 도시에 가는 상품으로 4인을 예약했다. 출발 한 달 전 또 문제가 생겼다. 일행 중 한 선생님 아버님이 암 진단을 받았다. 수술 날짜가 나오지 않아 여행이 어떻게 될지 모르겠다고 전해 왔다. 호주 국내선 예약 문제로 1주일 안에 여행 여부를 결정해야 했다. 다행히 수술이 빨리 잡힐 것 같다고 해서 여행사에 통보하고 잔금을 치렀다.

그런데 며칠 뒤 다시 여행 못 갈 것 같다는 연락이 왔다. 수술 날짜가 미뤄지면서 호주 여행 일정과 맞물린 것이다. 4인에서 3인이 되었기에 호텔 방 문제가 생겼다. 4인이었을 때는 2인씩 방을 쓰면 되는데, 3인은 방 개수가 달라졌다. 2인실과 1인실을 쓰면 몸은 편하지만 55만 원 추가 비용이 발생한다. 3인실을 쓰면 추가 비용이 없지만 2인실에 소파 베드나 바닥 매트리스를 넣어 주는 거라 잠자리도 불편하고 욕실 사용도 번거롭다.

3인실로 결정하고 불편한 침대는 내가 쓰기로 했다. 생물학적 나이가 어리기도 했고, 잠자리를 가리는 편도 아니라 감수할 수 있었다.

생각지 못한 곳은 식당이었다. 5박 7일 동안 가이드와 4인, 2인 가족과 우리 3인까지 총 9인이 동행했다. 2일 차 저녁에 멜버른에서 가이드가 예약한 한식당에 갔다. 8인 식탁에 9인 자리가 만들어져 있었다. 저녁 끼니였고, 다음날 시드니로 갈 예정이라 멜버른 가이드와는 마지막 날이었다. 얼굴 붉히고 싶지 않아 내가 모서리에 앉아 먹었다. 4인과 5인 식탁 음식의 양은 비슷했다. 먹는 양이 많지 않은 이들이라 음식이 모자라지는 않았지만, 불편한 기분이 들었다.

시드니에서도 비슷한 일이 있었다. 시드니 야경을 보기 직전에 저녁먹으러 한국 식당에 갔다. 10인석은 맞는데, 내가 앉은 자리는 2인 식탁을 붙여 둔 곳이었다. 전골은 2개만 있어서 내 앞자리에는 아무도 없고 반찬만 놓여 있었다. 전골이 5인분이라 음식은 모자라지 않는다는 식당 주인의 설명이 있었지만, 양의 문제가 아니었다. 여행 경비는 똑같이 부담했는데 덤으로 따라온 기분이 들었다. 일행들에게 아무 말도 하지 않았지만, 표정까지 숨기지 않았다.

숙소로 돌아와 마지막에 씻으려고 기다렸다. 분노인지 알 수 없는 감정이 들러붙었다. 씻었는데 개운하지 않았다. 선생님들은 일찍 잠자리에 들었다. 아침부터 여기저기 다니느라 피곤하기는 했겠지만, 그보다 말수가 줄어든 나를 의식한 듯했다. 헤드폰을 끼고 한국에서 진행하는 온라인 강의를 들었다. 수첩에 수업 내용과 현재 감정 등을 떠오르는 대로 끄적였다. 두 시간 지나 헤드폰을 벗고 뒤돌아보니 침대 쪽이 조용했다. 수첩으로 눈을 돌렸다. 내일은 달라야 했다. 분노인지 불편인지 명확하지 않은 기분으로 나머지 여행 일정을 망칠 수 없었다.

적어 둔 글을 훑은 뒤 찬찬히 사실과 감정을 적어 나갔다. 매 끼니 4인석에 5인이 앉은 것은 아니다. 붐비는 식당에서는 불가피한 상황이었을 수 있다. 있었던 일을 하나씩 적어 가며 눈앞에 분노의 감정을 펼쳤다. 적고 보니 그럴 수도 있겠다 싶었다. 감정까지 상할 일이었나. 새벽까지 마지막 감정을 털어냈다.

BBC 인터넷 신문에 킹스칼리지런던 심리학과 수전 스카트 교수가 쓴 연구 결과가 실렸다. 긴장감을 글로 표현하면 긴장이 풀리면서 동시에 상처 회복이 빨라질 수 있다는 내용이었다. 스카트 박사는 36명을 대상으로 한 실험에서 18명에게는 과거의 가장 속상했던 일과 그때의 기분을, 나머지에게는 여유 시간을 어떻게 보냈는지와 같은 대수롭지 않은 일을 3일 동안 매일 20분씩 종이에 기록하게 했다. 이어서 스카트 박사는 이들 모두의 팔 윗부분 피부에 작은 상처를 낸 뒤 2주 후 상처가 어느 정도 아물었는지를 점검했다. 실험 결과, 좋지 않았던 일을 쓴 그룹이 비교 그룹에 비해 남은 상처가 훨씬 작아 상처 회복 속도가 빠른 것으로 밝혀졌다. 또 이들은 비교 그룹에 비해 심리적인 스트레스가 적은 것으로 나타났다. 글쓰기가 심리와 육체에 긍정적인 영향을 준다는 것을 보여 준다.

"나 어제 눈치 보여서 일찍 잤잖아."

아침에 일어나자, 선생님이 농담을 던졌다.

그날 저녁, 식당에서 또 4인석 자리 귀퉁이에 앉았다. 식당 사장님이 1인분 김치찌개를 내 앞에 두었다. 5인분 전골냄비가 없어서라고 했다. 5인분이었대도 별로 기분이 나빴을 것 같지 않았다. 가이드가 사장님 센스 있다며 추어올리는 것으로 훈훈하게 식사를 마쳤다.

글로 써 보기 잘했다. 생각만으로는 정리하기가 쉽지 않았을 것이다. 오히려 감정에 감정이 얹어져 불쾌함이 더해졌을지도 모른다. 단어와 문장들을 꺼내 종이 위에 펼치기만 했는데 생각을 정리하는 마법을 연출했다. 펜과 수첩이면 충분했다.

나를 봐! 나를

김지안

"자기 자신의 주인이 되지 못하는 사람은 절대 어떤 것의 주인
도 될 수 없다." – 나폴레온 힐

일상을 지내다 보면 이런저런 이유로 화가 나는 일이 생긴다. 화가
날 때는 어떻게 할까? 감정의 변화에 대해서 즉각적인 반응을 할 것이
냐. 시간을 두고 생각을 하면서 대응 방법을 고민할 것이냐. 어느 쪽
을 선택해야 할까? 분노나 좌절 등의 부정적 감정을 느낄 때, 흔히 어
떤 사건이나 사람이 나의 부정적 감정을 유발했다고 믿는다. 그러나
이는 착각이다. 주위 사람들이 뭐라든, 내 인생에 있어서 어떤 일이 생
기든, 누군가와 어떠한 갈등을 빚든, 그러한 일들 자체에는 그 어떤 본
래적 의미는 담겨 있지 않다. 즐거움, 기쁨, 놀람, 분노, 노여움, 두려움,
좌절, 걱정, 화남, 짜증 나는 감정에 대한 해석이 필요하다. 이러한 감
정은 외부로부터 오는 것이 아니다. 그것은 자기 자신이 만들어 내는

것이다. 나의 분노와 두려움, 좌절 등의 근원은 자기 자신의 머릿속에 있음을 분명히 깨달아야 한다.

　2023년 12월 18일 월요일 주간 회의 때, 미스 란의 보고였다. 공장에서 갑자기 계약된 납기를 못 지키겠다고 일방적으로 통보해 왔다는 보고였다. 이제 거래를 시작하는 공장에서 느닷없이 계약 납기보다 한 달가량 제품 납기를 지연하겠다는 연락이라니. 우리 측 담당자도 신규 입사한 MR(Merchandiser)이라서 상황의 긴급성을 인지하지 못했다. 나는 지난주 내내 독감으로 회사 일을 제대로 처리할 수 없었다. 공장 측에서 전달한 납기 지연에 대해서 적극적으로 대응하지 못했다. 전주 월요일 최초 보고 받았을 때라도 긴밀하게 움직였다면 오늘까지 미뤄지지 않았을 텐데, 후회가 밀려왔다. 사태의 심각성에 대해서 강력하게 나에게 문제를 제기해 줬으면 좋았을 텐데. 미스 란이 그렇게 하지 않았던 부분에 대해서 불편한 심기가 올라왔다. MR 미스 란은 전주와 마찬가지로 공장 측에서 납기를 지키지 못한다고 전했다는 말만 앵무새처럼 전달했다. 타사 물량이 투입이 돼서 우리 회사 오더 납기를 지킬 수 없다는 공장 측 회신 보고를 받자 열이 확 올라왔다. 계약 납기를 아무렇지도 않게 미뤄 버리는 공장 측 태도에 머리가 아찔했다. 독감으로 약에 취해서 컨디션이 좋지 않은 상태였다. 미스 란에게 나는 납기 지연되는 품번 목록을 만들고 원부자재 선적 일자와 완제품 납기에 대해서 변경 전, 변경 후 자료를 박스 표 형태로 만들어서 가져오라고 지시했다. 기존에 근무해 오던 직원이라면 내가 한마디만 하면 알아서 쓰던 양식에 정보를 적어서 보고했을 것이다. 그러나, 미스 란은 말로 설명하려고 했다. 나도 모르게 책상 위에 팔꿈치를 대고 두 손으로 머리를 쓸며 고개를 책상 바닥을 향해 숙였다. 깊은 한숨이 올라왔다.

　나는 자료를 보고 판단하는 걸 선호한다. 듣는 방법으로 보고 받기를 원하는 사람이 있는가 하면 나는 눈으로 데이터를 확인하면서 귀로 들어야 이해가 빠르다. 그래서 업무 양식이나 절차를 중요하게 생각한다. 미스 란은 진행하는 전체 품번 리스트 자료를 가져왔다. 내가 원하는 자료 형태가 아니었다. 생산 일정표에 깨알같이 작은 글씨로 써진 자료를 보이며 말로 설명했다. 정작 필요한 정보가 없는 자료였다. 머리가 아팠다. 노안 때문에 작은 글씨는 눈에 잘 보이지도 않았다. 변경 전, 변경 후로 날짜만 단순하게 보고해 주길 바랐다. 미스 란은 본인 탓이 아니라는 불필요한 이유와 설명을 이어 갔다. 깨알같이 작은 글씨 자료를 보고서는 미스 란에게 다시 설명해 봐야 소용없겠다 싶었다. 미스 란은 여전히 나의 의도를 이해하지 못하고 있었다. 조용히 서류를 책상 위에 놓고 미스 흐엉을 불렀다.

　상기된 표정의 미스 란과 흐엉 두 사람은 각자의 두 손을 가지런히 맞잡고 나의 책상 앞에 섰다. 미스 흐엉에게 현재 상황에 대해 전후 일정과 공장 측 전후 일정을 정리해서 보고하라고 지시했다. 그리고 업무 양식과 프로세스에 대해서 미스 란에게 흐엉이 설명을 다시 해 주라고 지시했다. 두 사람의 얼굴은 붉그스름하게 달아올랐다. 미스 란은 어리둥절한 표정이었고, 미스 흐엉은 다른 담당의 업무를 본인이 정리해야 하는 상황에 대해 의문스러운 표정이었다. 미스 란은 미스 흐엉에게 자료 양식을 받아서 10분도 안 돼서 나에게 자료를 가져왔다. 이렇게 빨리 할 수 있는 일인데 미스 란은 왜 변명만 했을까. 본인이 담당하는 품번에 문제가 발생하자 본인이 일을 못해서 문제가 된 걸로 인식될까 두려웠을 거다. 불안과 두려운 감정이 그녀를 변명하게 만들었을 거라 짐작한다.

나는 납기가 지연된 품번을 생산할 수 있는 공장을 찾아보고 이관할 공장 섭외를 진행했다. 미스 란이 보고한 자료를 확인한 후 문제의 공장 사장에게 전화를 걸었다. 공장 측에 우리 측 최선의 납기를 전달했다. 공장 측이 납기에 맞출 수 있는지 없는지를 회신 달라고 했다. 계약 납기를 지키지 못한다면 오더를 다른 공장으로 이관하겠다고 했다. 테스트 오더에서부터 납기 문제를 발생시켰으니 향후 오더에 대해서는 좀 더 신중하게 생각해 봐야 한다. 계약서는 돈이라고 생각해야 하는데, 안일하게 반응하는 공장에 화가 났다. 그래도 감정을 드러내지 않고 나의 의견을 전달했다. 오후까지 회신을 주겠다고 했다. 기다렸다. 공장 측은 최초 계약 납기에 맞추지는 못하지만 최선의 납기에 맞추도록 하겠다고 회신해 왔다. 그럼에도 불구하고 본사 측에서는 지연된 날짜를 받아들일 수 없다고 했다. 나는 기존 거래하는 공장들에 생산 라인 케파 상황을 확인해야만 하는 번거로운 일이 벌어졌다.

신규 입사자 MR(Merchandiser) 미스 란은 입사 5개월 차이다. 관련 업무 경험이 없는 직원이다. 미스 란은 기존에 우리 회사에서 하던 업무 형태를 경험해 본 적이 없다. 하지만 입사 후 워낙 적응을 잘하고 있어서 난이도가 높은 업무를 시켜도 문제없이 일을 잘 해낼 거라 생각했다. 그런데 예상과 달리 미스 란은 홈쇼핑 업무에서 발생하는 이런저런 작은 문제에 적절하게 대응하지 못했다. 다소 안일하게 생각한 관리자로서 판단 실수로 위기를 맞았다는 후회의 감정이 밀려왔다. 일련의 과정에서 미스 란이 잘못해서 문제가 크게 일어난 것이 아니다. 경험 없는 직원을 비중이 큰 업무에 배치한 관리자인 내 잘못이 가장 크다. 시간과 속도의 문제가 아니었는데 나는 왜 감정이 훅 올라오는 걸 참지 못했을까? 감정이 일어난 근본 원인은 전주 월요일 최초 보고 받았을 때 바로 확인하지 않은 나 스스로의 실수를 인정하고 싶지 않았던 거다. 공장 납기를 미룬 건 공장이지 우리 담당이 잘못해서 미뤄진 게 아니다. 그럼에도 나는 미스 란이 강력하게 보고하지 않았다는 이유로 미스 란에게 원망하는 마음이 있었던 거다. 남을 탓하는 모습 뒤로 나의 실수를 숨기고 싶었던 거다.

김주환 교수의 『회복탄력성』에 따르면, 자기조절능력은 감정조절력, 충동통제력, 원인분석력으로 나뉘는데, 자신을 이해하는 힘이라고 한다. 나를 통해 타인을 이해하는 법으로, 자기조절능력이란 스스로의 감정을 인식하고 그것을 조절하는 능력을 말한다. 역경이나 어려움을 성공적으로 극복하는 사람들의 공통적인 특징이기도 하다. 원인분석력은 세 가지 자기조절능력 중 분노와 관련해서 가장 효과적으로 감정을 조절할 수 있게 계기를 마련해 주었다. 원인분석력은 나에게 닥친 문제를 긍정적으로 바라보면서도 그 문제를 제대로 해결할 수 있도록 원인을 정확히 진단하는 능력을 말한다. 분노는 사람을 약하게 한다. 화를 내는 것은 나약함의 표현이다. 또한, 자신에게 닥친 사건들에 대해 긍정적이면서도 객관적이고 정확한 스토리텔링을 할 수 있는 능력이다. 현상을 있는 그대로 바라보고 자기 존중이 앞서는 태도로 일관하게 되면 삶의 목표 설정이 수월해진다. 자신의 목표를 향해 정진하는 자기 자신을 상상하며 스스로가 원하는 모습에 대한 긍정적인 나의 이미지 스토리텔링을 만들면 된다.

분노와 짜증은 회복탄력성의 큰 적이다. 강한 사람은 화내지 않는다. 화내는 사람은 스스로 좌절감, 무기력함을 인정하는 것이다. 분노는 우리 인생에서 일어나는 일들에 도움이 되지 않는다. 우리 삶에서 벌어지는 다양한 사건들에 대해 어떠한 방식으로 스토리텔링 하느냐는 곧 그 사람이 지닌 신념 체계에 의해서 결정된다. 이 신념 체계는 자기 자신 스스로 어떠한 스토리텔링을 하느냐를 결정짓는 기본적인 마음의 습관이다. 이러한 스토리텔링은 일기 쓰기를 통해서 현상을 기록하고 감정의 원인을 파악하면서 스스로의 문제를 발견하는 중요한 과정이다.

스토리텔링 일기 쓰기를 하면서 긍정적인 감사 확인을 쓰다 보면 분노와 짜증을 잊게 된다.

멈춤의 시간, 얻을 수 있는 것

김지연

우리는 화가 나는 순간을 자주 경험하게 된다. 하루에도 열두 번씩 '화'라는 감정을 느낄 때도 있다. 당장 오늘 아침에도 등교 준비를 하는 두 아들을 보며 화가 났다. 오전 7시 45분이 되면 이를 닦고 옷을 입기 시작해야 하는데, 50분이 되었는데도 만화책을 보고 있었기 때문이다. 분노를 삭이며 '얘들아, 몇 시지?'라고 물으니 그제야 준비하기 시작했다. 사소하고 작은 일부터 대단하고 큰일까지, 우리를 화나게 하는 일은 도처에 도사리고 있다.

화가 나는 것은 지극히 자연스러운 일이다. 인간의 감정이기 때문에 막으려고 해도 막을 수 없다. 하지만 화가 난다고 해서 그때마다 매번 감정을 다스리지 못해 화를 낸다면 나뿐만 아니라 다른 사람에게도 좋은 영향을 끼치지는 못한다.

고대 철학의 대가 세네카는 『화에 대하여』에서 '분노야말로 가장 파괴적인 감정이며, 분노만큼 인류의 희생을 초래한 역병은 결코 없다'고 말했다. 그만큼 화를 잘 다스리는 일은 중요한 일이라는 말이다. 사람마다 화를 다스리는 방법에는 여러 가지가 있을 수 있다. 어떤 사람은 심호흡을 하고 마음속으로 숫자를 세어 보기도 한다. 또는 그 순간을 잠깐이나마 회피하는 사람도 있을 것이다. 내가 택하는 방법은 그때의 감정을 차분히 글로 써 보는 것이다.

얼마 전 남편과 다툰 일이 있었다. 우리 부부의 싸움 원인은 크게 몇 가지로 정리가 가능하다. 많은 부부가 그렇듯 매번 비슷한 문제로 갈등을 일으키는 경우가 많다. 이번에도 역시 정리 정돈이 문제였다. 나는 정리 정돈을 잘하지 못한다. 이렇게 쉽게 인정하는 것은 정말 잘 못하기 때문이다. 하지만 결혼 전에 비하면 정말 많이 좋아졌다. 잔소리가 다른 사람의 태도 변화에 긍정적인 영향을 미치지 못한다는 연구 결과도 경우마다 다른가 보다. 남편의 잔소리가 나를 변하게 했으니 말이다.

유난히 더 피곤했던 어느 날이었다. 집 안은 어지러웠다. 운동을 다녀온 남편이 집을 둘러보고 정리를 하기 시작했다. 물론 기쁜 마음으로 하는 것은 아니었다. 누가 봐도 화가 난 표정과 몸짓으로 정리를 하고 있으니 보는 사람이 눈치를 보게 되는 것은 당연했다. 그런 남편의 태도를 보며 나도 화가 났다. 늘 집 안이 정리 정돈 되어 있으면 좋겠지만 집안일이란 하루, 아니, 반나절만 방심해도 티가 나는 영역이다. 조금 과장하면 하루 종일 허리도 펴지 않고 집안을 돌아다니며 치우고 또 치워야만 늘 깨끗하고 정돈된 환경을 유지할 수 있다.

학원 운영에 연년생 아이 둘을 케어해야 하는 나로서는 너무 완벽한 집안일이란 아직 어려운 숙제이다. 남편도 잘 알고 있다. 살면서 서로 많은 부분을 상대방이 원하는 쪽으로 밀고 내가 원하는 부분은 접어 두며 맞추고 있다. 하지만 남편도 한 번씩 올라오는 감정을 어쩌지는 못하겠지. 나 역시 그런 남편에게 서운했다. 결국 화가 나고 말았다.

아이들이 없을 때, 즉, 연애할 때는 그 자리에서 불같이 싸우고 뒤돌아 서로 갈 길을 갔던 적도 많았다. 하지만 아이들이 태어나고 부모의 갈등이 자녀에게 얼마나 나쁜 영향을 끼치는지 잘 알고 있기에 아이들 앞에서는 될 수 있으면 참으려고 노력한다. 이때 활용하는 방법이 바로 '쓰기'다.

잠깐 마음을 정리할 시간을 갖는다. 그러고는 나의 감정을 하나씩 적어 본다. 어떤 이유에서 화가 났는지 상황을 정리한다. 상황을 정리하는 과정에서 서로 감정이 나빠진 원인을 객관적으로 볼 수 있다. 그리고 상대방에게 서운한 감정을 '화'를 빼고 써 내려갈 수 있다. 그전에 가지고 있던 케케묵은 감정을 적어도 괜찮다. 그 감정 때문에 오늘 있었던 일에 더 화가 났을 수도 있기 때문이다. 말로 표현할 때는 말꼬투리를 잡고 서로 달려들 일을 글로 표현하면 논리적이고 차분하게 표현할 수 있다. 객관적인 상황과 나의 마음, 상대에게 바라는 점을 모두 적는다. 그러고 나면 이상하게도 이걸 굳이 전달할 필요가 있을까 싶다. 그 정도로 마음이 꽤 누그러져 있는 나를 발견한다. 물론 전달해야 할 나의 감정이라면 상대에게 글로 표현한 내 마음을 그대로 보여 주어도 괜찮다. 나는 글을 쓰며 스스로 화가 해소될 때는 넘어가고, 그래도 서로를 위해서 마음을 전달해야 할 필요가 있다면 쓴 글을 남편에게 보여 주는 편이다.

화가 났을 때 꼭 그 상황에 대해서만 써야 하는 건 아니다. 상황과 잠시 떨어져서 쓰고 싶은 것들을 마음껏 써도 좋다. 화가 난 상황과 관계없는 생각을 하다 보면 그 감정이 많이 사그라드는 것을 느낄 수 있다. 일기를 써도 좋고 메모를 끄적여도 괜찮다. 감정을 다스리는 일은 남이 해 줄 수 있는 일이 아니다. 물론 다른 사람에게 하소연하고 나면 속이 좀 시원해지기도 한다. 하지만 알리고 싶지 않은 가정사나 남들에게 이야기하기 어려운 경우에는 종이나 컴퓨터 모니터에 기록으로 남기면 된다. 글로 마음껏 내 마음을 풀어헤치면 화의 불꽃이 점점 사그라드는 것을 볼 수 있다.

몽골 제국을 이끈 칭기즈 칸의 유명한 일화가 있다. 칭기즈 칸에게는 사냥에 갈 때마다 반드시 데리고 다니는 몹시 아끼는 매가 있었다. 어느 날 혼자 늦게까지 사냥을 하다가 너무 목이 말라 마실 물을 찾았다. 바로 그때, 바위를 따라 물이 똑똑 떨어지는 것을 발견하게 된다. 칭기즈 칸이 사냥 가방에서 작은 잔을 꺼내 한 방울씩 받았고, 잔을 채우기까지는 오랜 시간이 걸렸다. 물이 다 받아지고 마시려고 하는 순간, 갑자기 매가 날아오더니 칭기즈 칸의 손을 탁 쳐 버렸다. 그 바람에 칭기즈칸은 물잔을 땅에 떨어뜨리고 말았다. 칭기즈 칸은 몹시 화가 났지만 꾹 참고 다시 물을 받았다. 잠시 후 매는 같은 행동을 반복했다. 너무 화가 난 칭기즈 칸은 매의 목을 베어 버렸다. 목이 너무나 말랐던 칭기즈 칸은 바위 위의 샘물로 가서 물을 마시려다 너무나 놀라고 만다. 독사가 샘물 안에서 입을 벌린 채 죽어 있었기 때문이다. 그제야 칭기즈칸은 눈물을 흘리며 자신의 행동을 후회했고, 앞으로 화가 났을 때는 어떤 일도 결정하지 않겠다고 다짐했다.

화는 잘 다스릴수록 이득이다. 글을 쓰면 어수선한 마음을 정리하고 기분을 전환할 수 있다. 또는 화가 났던 일에 대해 시간이 흐른 뒤 다시 글로 써 보아도 좋다. 글을 쓰면서 나의 마음 상대방의 마음을 다시 헤아려 보고 관계에 대해 깊이 생각하고 개선해 나갈 수 있다.

글을 쓰면서 타인과의 관계뿐만 아니라 내 마음속 분노의 원인을 찬찬히 파악해 보자. 근본적인 원인이 무엇인지 생각하고 표현하다 보면 별일 아닌 것에 화가 나고 감정이 흔들리는 나를 발견할 수도 있다. 나를 가장 잘 아는 사람은 나 자신이다. 나의 마음에 귀 기울여 줄 때 화도 잘 다스릴 수 있을 것이다. 글로 나의 마음에 귀 기울여 보는 하루를 보내기를 기대해 본다.

분노가 글감이 되었을 때

김홍선

"너는 어쩜 말을 그렇게 하니?"

팔순 어머니의 목소리가 높아진다. 항상 시작은 이러했다. 집 안에 폭풍이 몰아치기 전에는.

"아버님, 아직 성진이가 학교에 오지 않았어요."

'후우!' 주먹 쥔 두 손이 부들부들 떨린다. 겨우 핸드폰을 집어 들었다. 어금니를 꽉 물고 힘겹게 입을 열었다.

"어떻게 된 거니?"

"아빠, 지금 갈게요!"

다 죽어 가는 목소리다.

마음 한쪽이 움찔한다. '내가 너무했나! 아픈 아이에게.' 그런데 퇴근 무렵, 어머니에게 전화가 왔다. '학교에 가지 않고 종일 게임만 한다.' 잠시 식었던 열기가 머리까지 올라간다. 점점 이성을 잃어 간다.

집에 오니 녀석은 도망가고 없다. 차가 입고했다는 인터폰 소리를 들고 급히 나갔다고 한다. 이제는 고쳤다고 생각했는데 다시 지각하니 분노를 넘어 허탈하다. '이 짓을 몇 년을 하고 있나.' 3년간 쌓였던 화가 치밀어 올라온다.

"아니, 그놈 종일 쌩쌩하게 게임만 한다."

어머니가 하는 말이 모두 심장에 꽂힌다. 끝없이 이어지는 좋지 않은 말에 분노의 화살은 엉뚱한 곳을 향한다.

"어머니, 그거 아세요? 지금까지 성진이 욕만 한 거. 더구나 성호랑 비교하면서."

차가운 한마디에 삶은 달걀을 입에 넣었던 어머니 얼굴이 굳어진다.

"아니, 너는 뭔 말을 그렇게 하니?"

목소리가 높아진다. "사실을 말한 거예요." 이 말에 굳었던 얼굴이 일그러진다. 분노의 불길이 점점 집 안으로 퍼지고 있다.

이 싸한 분위기가 익숙하다. 2년 전. 성진이의 사춘기 폭풍이 절정에 달했을 때, 버틸 수 있었던 것은 글로 토해 냈기 때문이다. 그 분노의 글이 두 번째 책이 되었다. 그렇다고 분노할 상황에서 성인군자가 되는 것은 아니다. 똑같이 열받고, 부르르 떤다. 다만 평정심을 회복하는 시간이 글쓰기 전과는 비교할 수 없을 만큼 빠르다.

어머니와 성진이 갈등, 고부 간, 나와 어머니 갈등. 삶이 갈등 한가운데 있다. '글을 쓰지 않았으면 어떻게 했을까!' 하는 생각이 하루에 열두 번도 더 든다. 글로 토해 낸 덕분에 감정의 실체를 볼 수 있었다. 한

번 보았으니 똑같은 갈등이 일어나도 견딜 만하다.

"너 어떡하려고 그러니?"

성진이가 앞에 있다. 내려갔던 열기가 다시 올라온다. 구구절절 변명을 늘어놓는다. 그 모습을 보니 더 화가 치민다.

"야, 너는 어째 변한 것이 없니? 내년이면 고등학교에 가는데 어떻게 하려고 하니?"

봇물이 터졌다. 말을 할수록 단어가 거칠어진다. 더 하면 어떤 상처를 줄지 몰라 일어났다.

"방학 동안 어떻게 공부할지 생각해서 와!"

"저 대학 안 갈래요. 아르바이트해 돈 벌어 20살에 창업할래요."

벌어진 입에서 헛웃음이 나온다. 일순 목구멍으로 넘어오는 말이 너무 많아 말문이 막힌다.

어머니 방에서 소란스러운 소리가 난다.

"할머니, 괜찮으세요?"

"아빠, 빨리 와 보세요."

잠시 후, 화장실에서 어머니가 심하게 토하고 있다.

"아이고! 나 죽는다, 나 죽는다."

빨리 달려가야 하는데 분노로 부들부들 떨고 있는 몸이 움직이지 않는다. 분노가 걱정하는 마음을 덮었다. '네가 한 말 때문에 달걀이 목에 걸렸다.'라고 소리를 지른다. 겨우 감정을 추스르고 화장실로 발길을 옮겼다. 나와 눈이 마주친 어머니의 외마디 비명이다. 변기 옆에 토한 흔적들이 낭자하다. 양쪽에서 일어나는 불길이 나를 집어삼킨다. 머릿속 전구가 깜빡인다. 곧 끊어질 것 같다. 일촉즉발의 순간, '익숙하다, 익숙하다.' 속에서 이런 소리가 들린다. 2년 전 글로 쓰고 책을 낸 그 감정이다. 이미 글로 토해 낸 감정이니 익숙하다. 숨은 거칠지만 깜빡이던 전구는 안정된다. 어머니 등을 두드려 주고, 방으로 가 약까지 챙겨 주고 책상으로 왔다. 그런 자신에 놀란다. 습관대로 노트북을 켜고 한글을 연다. 아직 떨고 있는 손가락으로 자판을 두드린다. 두드린다. 쓰는 것이 아니다. 그냥 두드린다. 자판 소리가 높아질수록 분노게이지는 낮아진다.

분노하면 좋은 것이 딱 하나 있다. 평소 굳었던 손가락이 자판을 날아다닌다. '글을 써서 참 다행이다. 다행이다, 다행이다.' 처음 쓴 글이다. 글을 쓰지 않았으면 벌써 번아웃 되었을 것이다. 3대가 사는 집안의 평화를 지키지 못했을 것이다. 분노할 때 자판을 날아다니는 손가락 덕분에 자신과 대화를 하게 되었다. '왜 그렇게 화가 났어?', '좀 참을 수 없었니?', '그래도 많이 줄었다.' 자신과 대화하며 터질 것 같은 분노의 풍선에 바람을 뺀다. 이제 분노는 글감이 되어 간다.

직장, 일상에서 받는 스트레스를 어떻게 푸는가? 퇴근하고 돌아와 맛있는 안주와 한잔하는 것이 20년이 넘는 낙이었다. 고부 간의 갈등, 아이들의 사춘기, 어머니와 손자들 간의 갈등 가운데서 받는 스트레스를 술로 풀었다. 매일 술을 먹었다. 몸은 지쳐 가고, 짜증은 늘어 가고, 신경은 예민해진다. 상황은 악화일로였다. 다행히 글을 쓰며 쌓인 분노를 풀었고, 그 실체를 파악했다. 한번 파악한 감정은 힘을 잃는다. 분노가 글감이 되었다. 분출하고, 쓰고, 파악하고, 글감으로 만들어 버린다. 분노를 해결하는 괜찮은 방법 아닌가?

지친다 술

박정미

　남편이 술을 많이 마시는 편이다. 평상시에도 자주 마시고, 쉬는 날이 되면 더 많이 마신다. 모임에 가서 술을 먹고 온 다음에도 집에 오면 꼭 술상을 한 번 더 차려야 한다. 마트에 가면 카트에 술을 먼저 담는다.

　결혼한 지 25년이 넘었다. 남편 건강이 염려된다. 아직 이 문제를 풀지 못하고 있다. 나의 걱정에는 아랑곳하지 않고 남편은 술을 마신다. 이제 더 이상 내가 어찌할 수 있는 부분이 아니다. 상대를 바꾸려 하지 말고 내가 바뀌는 것이 현명할 것 같다.

　"여보, 나 데리러 와."

　시계를 쳐다봤다. 밤 12시가 넘었다.

　"어디예요?"

　나도 모르게 짜증이 올라왔다.

"몰라, 날 좀 데리러 와."

목소리가 느리고, 꼬인 걸로 봐서 술을 진낭 먹은 것이 분명하다. 보통, 남편은 술을 먹고 택시를 타고 집에 온다. 우리 동 앞이나, 아파트 입구 마트에서 내린다. 술을 먹고 집에 돌아올 때, 전화하면 가끔 한 번씩 마중을 나가기도 했다.

겉옷을 걸쳤다. 여름이지만, 밤에는 꽤 쌀쌀했다. 슬리퍼를 신고 아파트 현관문을 나섰다. 엘리베이터를 타고 1층으로 내려와 공동 현관을 나서자, 주차장에 차들이 빼곡했다. 주변을 살펴도 남편이 보이지 않았다. 전화를 걸었다. 신호가 계속 울렸다. 한참 벨이 울린 후에야 남편은 전화를 받았다.

"어디예요."

나도 모르게 남편에게 톡 쏘아붙였다.

"어, 몰라. 빨리 와. 날 좀 데리러 와."

술에 잔뜩 취한 목소리다. 핸드폰을 든 채 이리저리 살폈다. 아무리 살펴도 남편이 보이질 않았다. 전화를 끊고 아파트 입구 마트 쪽으로 향했다. 마트에 다다를 때까지도 남편은 보이지 않았다. 다시 전화를 걸었다.

"아니, 도대체 어디에서 내렸어요!"

내 목소리 톤은 한 옥타브 올라갔다. 남편이 전화를 받기는 했지만, 아무 대답이 없다. 한숨을 푹 쉬고 전화를 끊었다. 마트 주변을 살펴도 남편이 없었다. 아파트 아래 교회 쪽으로 더 내려가 봤다. 혹시 길가에 있나 하고 찾아봐도 보이질 않았다. 슬슬 화가 나기 시작했다. 안 되겠다 싶어서 다시 전화를 걸었다. 하지만, 이번에는 전화도 받지 않았다. 화는 점점 걱정으로 바뀌었다. 혹시 무슨 일이라도 일어난 건 아닐까, 불안한 생각이 들었다. 다시 우리 동 앞으로 올라와 한 번 더 전화를 걸었다. 어디선가 남편의 전화벨 소리가 들렸다. 소리가 나는 곳으로 발걸음을 옮겼다.

어두컴컴한 땅바닥에서 남편의 핸드폰이 울리고 있었다. 쓰레기장 옆 자전거 보관소 앞이었다. 남편이 있었다. 바닥에 철퍼덕 앉아 다리를 편 채 고개를 숙이고 있었다.

"여보, 여보."

남편의 등을 두드렸다. 고개를 비스듬히 들어 나를 올려다보던 남편은 중심을 잃고 옆으로 픽 쓰러졌다. 왼쪽 팔꿈치에서는 피가 흐르고 있었다. 집으로 옮겨야 했다. 밤 12시가 넘은 시간이었다. 아파트 정문 앞 경비실로 갔다. 창문 안쪽을 살폈다. 경비아저씨가 의자에 앉아서 졸고 있었다. 문을 두드렸다.

"저, 죄송하지만, 우리 남편이 술을 먹고 쓰러져 있어서요. 집에 들어가야 하는데 좀 도와주시겠어요?"

밤늦게 부탁해서 죄송했다. 나의 부탁에 아저씨는 천천히 일어나며 테이블 위에 놓여 있던 경비 모자를 쓰면서 나왔다.

"죄송해요. 술을 얼마나 많이 먹었는지."

죄송하고 멋쩍어서 괜히 경비 아저씨께 말을 걸었다.

경비아저씨와 함께 우리 동 앞으로 올라왔다. 남편은 마치 바닥이 안방이라도 되는 양 몸을 옆으로 웅크리고 누워 있었다. 신발은 그 옆에 가지런히 놓여 있었다. 함께 남편의 팔을 한 쪽씩 잡았다. 몸을 일으키려고 했다. 하지만, 남편은 몸이 축 늘어져 꼼짝도 하지 않았다. 남편을 계속 두드리며 말했다.

"여보, 정신 차려요! 집에 가야지, 집에!"

남편은 눈을 조그맣게 떠서 나를 보는 듯하더니 다시 눈을 감아 버렸다.

도움이 필요했다. 그때 마침 1층 아저씨가 우리 쪽으로 다가갔다.

"아저씨, 죄송하지만 좀 도와주시겠어요? 남편이 술을 많이 먹어서……."

상황을 다 지켜보고 있었다는 듯 아저씨는 알겠다고 했다. 경비 아저씨와 1층 아저씨 두 분이 남편의 팔을 한 쪽씩 잡고 겨우 몸을 일으켰다. 나는 남편의 신발을 챙겨 들었다. 남편은 거의 질질 끌리다시피 해서 공동 현관 계단을 겨우 올라갔다. 엘리베이터를 타고 5층을 눌렀다. 잠시 뒤 엘리베이터 문이 열리자, 얼른 내려서 집 현관문의 비밀번호를 빠르게 누르고 문을 열었다. 두 분은 간신히 거실 입구에 남편을 누일 수 있었다.

"죄송합니다. 죄송합니다."

연신 죄송하다고 말했다. 두 분은 다시 엘리베이터를 탔다. 엘리베이터 문이 닫히는 걸 확인하고 얼른 집으로 들어왔다. 머리는 헝클어지고, 옷에는 흙이 묻었다. 어딘가에서 갈린 왼쪽 팔꿈치에서는 아직도 피가 스며 나오고 있었다. 팔짱을 끼고 남편을 한참 바라봤다.

팔꿈치에 소독이라도 해야겠다 싶어 구급상자를 가지고 왔다. 소독약을 묻힌 솜이 상처에 닿자, 누워 있던 남편이 눈을 감은 채 아프다는 듯 인상을 찌푸렸다.

어디 가서 누구랑 그렇게 술을 마셨으며, 얼마나 마셨으면 몸도 가누지 못하고 집도 못 찾아온 걸까. 그날 일이 아직도 생생하다. 도대체 젊은 사람도 아니고, 나이가 들어서까지 이런 행동을 하는 남편이 이해되지 않는다. 젊을 때도 가끔 이런 적이 있었다. 술을 먹고 비틀거리며 겨우 집을 찾아온 적이 많다.

어딘가에서 술이나, 도박, 게임 등 모든 중독은 '현실 회피'라는 글을 봤다. 남편에게 특별히 어떤 문제가 있어 보이지는 않는다. 그런데도 시간이 날 때면 꼭 술을 마신다. 습관적으로 마신다. 아무리 술을 좀 덜 마시라고 해도 말을 듣지 않는다. 내가 모르는 어떤 스트레스를 가지고 있는 건지도 모르겠다.

한편, 생각해 보면 아직도 그렇게 술을 마실 수 있다는 건 어쩌면 아직 건강하다는 신호다. 아직은 몸이 버텨 주고 있다는 말이다.

남편 술 얘기에는 할 말이 넘친다. 술을 과하게 마시는 걸 내가 어찌할 수 없다. 조금 덜 마시라고 한들 잔소리로밖에 들리지 않을 것이다. 잔소리하기에도 지쳤다. 본인에게 어떤 강력한 계기가 있어야만 바뀔 수 있을지 모른다. 남편이 바뀌기를 기대하는 것보다 내가 바뀌는 것이 낫겠다. 현재로서는 어떤 뾰족한 해결책을 찾을 수가 없다. 글을 쓰며 남편의 술 문제에 대해 생각해 본다. 남편이 술을 덜 먹게 하는 좋은 방법은 없을까. 방법을 찾지는 못했지만, 일단 글을 쓰다 보니 화는 조금 누그러진다.

똑바로 보고 제대로 해

이은설

사람은 누구나 소중한 존재이며, 존중받아 마땅하다. 요즘은 인권 존중을 위한 많은 제도와 개선의 움직임이 있다. 아무리 기관에서 법 제도를 시행하더라도 근본적인 의식이 바뀌지 않는 한 문제는 언제, 어디서나 일어날 수 있다. 보다 심각한 사실은 당사자는 상대에게 상처를 입혔다는 생각도, 의식도 없는 것이다.

어르신들이 저녁 식사 후, 양치하고 칫솔과 컵을 정리하느라 손과 마음이 바빴다. 배회하는 어르신도 봐야 하고, 손이 열 개라도 부족한 상황이었다. 팀장은 양치가 끝나면 근무하는 요양보호사 세 사람 모두 사무실로 모이라고 했다. 이야기를 들고 보니 크게 중요한 사안도 아니었다. 돌아와서 일을 마무리하며 혼자 투덜거렸다. 선임은 나에게 "선생님이 오기 전에는 훨씬 심했다. 지금은 많이 줄어든 것이다."라고 했다. 이해가 되지 않았다. 어느 날, 원장님과 이야기를 나눌 기회가 되었다.

"원장님, 우리가 어르신 보살피러 왔습니까, 팀장 잔소리 들으러 왔습니까. 우리 사정도 모르고 호출하면 배회하는 어르신 두 분 계시고, 양치 컵과 칫솔 마무리를 해야 했습니다. 얼른 정리하고 프로그램 진행해야 하는데 호출을 하니 일의 흐름이 끊어집니다."

지금 생각하면 무슨 용기로 그렇게 말했는지는 모르겠지만, 그 이후로 팀장이 근무 중에 요양보호사를 호출하는 일은 없었다.

시뻘겋게 달아오른 얼굴로 사무실 문을 벌컥 열었다. 놀란 직원 두 사람 시선이 나에게 꽂혔다. 팀장 책상 앞으로 뚜벅뚜벅 걸어갔다. 들고 간 송영 일지를 책상 위에 패대기쳤다. 팀장이 의자에 앉은 채 눈을 크게 뜨고 나를 쳐다본다.

"송영 일지는 왜 쓰는 겁니까. 형식으로 씁니까. 팀장이라면 이 정도는 확인하고 말해야 하는 것 아닙니까. 누가 운전을 했고 누가 보조 송영을 했는지, 그 정도는 파악하고 말해야 하는 것 아닙니까. 당신이 팀장이면 답니까. 하지 않은 일을 왜 뒤집어씌웁니까."

하고 싶은 말을 속사포처럼 쏟아 냈다.

꿈속에서 화풀이를 실컷 했다. 속이 후련하다. 5년 전 일이다. 주간보호센터에서 야간요양보호사 모집 공고를 보고 지원했다. 운전 가능자를 원한다고 했다. 며칠 뒤 합격 통보를 받고 4월 1일부터 근무를 하게 되었다. 한 달 정도 근무 후에 운전 담당이 허리가 아파서 운전하지 못한다고 했다. 사무실에서는 나에게 운전하라고 했다. 운전 경력이 중요한 것이 아니고, 안전 운전을 해야 한다. 어르신을 태워서 내 생애 가장 느림보 운전을 했다. 안전턱은 덜컹거리지 않도록 조심해서 넘었다. 골목에서는 시속 20km가 넘지 않도록 서행했다. 도로에서는 차량 흐름을 보고 50km 이상 속도를 내지 않았다. 센터에서 집이 가장 먼 연숙 어르신은 인지가 좋았다. 손목시계를 끼고 시간을 보다가 선생님이 운전해서 최 기사보다 10분이나 늦게 도착했다고 했다. "어르신, 저는 안전 운행을 해야 합니다. 불편하셨다면 죄송합니다."라고 했다.

선자 어르신의 없어진 신발 때문에 센터로 보호자 항의 전화가 왔다. 보조 송영자가 쓸데없는 이야기를 했다고 했다. 인상착의를 말했는데, 보조 송영자와 나의 인상착의가 비슷했다. 두 사람 모두 안경을 끼고, 나이가 들어 보이고, 머리가 짧았다. 나는 커트 머리였고, 보조 송영자는 짧은 단발머리를 했다. 해서 팀장은 나를 용의자 선상에 세웠다. 운전자가 보호자를 대할 수는 없다. 보조 송영자가 내려서 보호자에게 어르신을 인계하는 것이다. 팀장이 나를 불렀다. 처음에는 "관내 안전턱이 많아서 운전이 힘들 것이다. 우리 센터 차가 운행하는 것을 보고, 전부 나한테 보고가 들어온다."는 등 말을 빙빙 돌렸다. 마지막에는 내가 보호자한테 쓸데없는 말을 했다고 말했다. 그 상황에서는 당황하여 내가 보호자를 상대했는지 생각조차 나지 않았다. 한마디 대꾸도 하지 못하고 사무실을 나왔다. 어른들이 귀가하시고 청소하면서 가만히 생각했다. 2주 전 5월부터 내가 차량을 운행하는데, 운전 중 운전원은 특별한 일이 아니고는 차에서 내리지 못한다. 그러면 보호자를 상대한 적이 없는데 왜 나한테 뒤집어씌우는 걸까. 너무 분하고 억울했다. 죄 없는 쓰레기통을 발로 차 버렸다. 그 시간에는 아무 것도 보이지 않았다. 10시에 퇴근했다. 불 꺼진 영등포 시장을 지났다. 자전거를 세웠다. 도저히 가만 있을 수 없었다. 원장님께 문자를 보냈다. 문자를 보내고 난 후 자전거를 타고 오면서도 화가 나서 마음 다스리기가 어려웠다. 집에 도착하여 핸드폰을 열었다.

"이 선생님, 내가 무슨 일인지 다 알고 있습니다. 마음 편히 주무시고 내일 아침 통화합시다."

직접 통화하지 못해 아쉬웠다. 일기장을 꺼냈다. 오늘 있었던 일을 자초지종 생각나는 대로 적었다. 노트에 적었지만, 화가 풀리지 않았다. 잘못한 사람이 사과해야 할 일 아닌가. 당당하게 사과를 요구해야 하지만, 그 정도는 자신이 없었다. 왜냐하면 상대는 원장 아래 막강한 권력의 팀장이고, 나는 입사한 지 한 달 남짓한 신출내기 요양보호사였기 때문이다. 혼자 서럽고 억울한 마음을 달래야만 했다. 나는 왜 이렇게 늘 당하고만 살아가는 걸까. 그래 어디 두고 보자. 내가 가만 있나 봐라. 혼자서 두 주먹을 불끈 쥐고 다짐했다.

이튿날, 아침에 원장의 전화를 받았다. 원장은 나직한 목소리로 "내가 분명히 팀장에게 확인하고 말하라고 했는데, 내가 대신 사과하겠다. 미안하다. 내 자식이 바보라고 엄마는 그 자식을 버릴 수 있느냐."

라고 물었다. 버릴 수 없다는 답을 하고 나니 원장 말에 휘말린 기분이 들었지만, 엎질러진 물이었다.

팀장은 보조 송영자에게 문책할 일을 애꿎은 나를 지적한 것이었다. "원장님 얼굴을 봐서 이번에는 제가 참겠습니다."라고 말씀드리고 전화를 끊었다. 그 일이 있었던 후 팀장은 나에게 사과는커녕 인사를 해도 받지 않았다. 어색하고 껄끄러운 사이가 되었다. 동료들과는 그럭저럭 지낼 수 있었다. 하필 집이 같은 방향이라 간혹 시내버스에서 만나기도 했다. 못 본 척하기도 하고, 어쩔 수 없이 정면으로 마주치면 고개만 까딱 인사를 했다. 만나는 것이 신발에 똥 밟은 느낌이었다. 만나지 않았다면 좋았을 것을, 하는 생각이 든 적도 더러 있었다.

원장은 팀장이 부족한 점도 있지만, 사무 행정은 완벽하게 잘한다고 했다. 나도 팀장의 좋은 점을 찾고 싶었다. 내가 입사할 때 월급봉투를 사무실 와서 받아 가라고 했다. 언제부턴가 들고 와서 일하는데, 전해 주기에 고맙다는 생각이 들었다. 세상에 전부 좋고 전부 나쁜 사람은 없다. 내가 그를 좋게 보려면 뭐든지 좋게 보일 것이고, 나쁘게 보려면 한없이 나쁘게 보게 된다. 팀장도 나름 헛다리 짚을 만한 이유가 있었겠지, 하는 생각이 든다.

5년이 지난 지금도 가끔 생각이 나면 부아가 치밀어 오르는 것은 사실이다. 생각해 보면 살아가는 데는 무시해도 될 일인데, 쓸데없는 곳에 에너지를 낭비하는 느낌이 들기도 한다. 간장 종지 같은 나의 마음 그릇을 조금 더 키워야겠다. 무겁고 진중함보다는 가볍고 편하게 툭 툭 털어 버리고 싶다. 그리고 잊어버려야겠다. 누군가가 나에게 한 말이 생각난다.

"그도 그럴 만한 사정이 있었겠지."

분노의 그림자 속에서

이은정

"한 번이라도 나한테 언니라고 불러 봤나?"

"꼭 그렇게 불러야 하나요?"

"그래! 제자면 제자지. 무시하는 것도 아니고. 언니를 가르치려 들어?"

"샘, 도대체 뭐가 문제죠?"

"나를 믿고 맡기면 되지, 스태프가 뭐냐?"

"돌아가면서 할 거라고 미리 말씀드렸잖아요!"

"난 지금도 충분히 할 수 있는데, 이건 아니지!"

예기치 않은 사건이 내 삶에 파문을 일으켰습니다. 프로그램을 진행하는 학교에 강사 배정 문제로 제자와 틀어진 거죠. 오해가 심각한 다툼으로, 아니, 일방적인 공격으로 번졌습니다. 마음 깊숙이 분노와 상처로 가득했죠. 거센 비바람처럼 몰아치더니 한순간에 나를 사로잡아 버립니다. 분하고 억울했습니다. 그녀는 석박사 통합 과정에 진학한 제자입니다. 물론 수업 시간을 넘어 학교 밖에서도 소통을 이어 왔습니다. 기관이나 학교 등 외부 강연이나 프로그램에 따라다니며 배우고 싶다고 했거든요. 보조하면서 배우고 익혀 나중에는 실제 진행하면 되겠다 싶어 승낙했습니다. 여러 차례 초중고를 순회하며 강의도 하고, 밥도 먹고, 차도 마시며 우정을 쌓아 갔죠. 그게 화근이었지요. 경계를 지었어야 했는데, 우유부단했던 탓에 일이 터진 겁니다. 교수와 제자로 인연이 시작되었지만, 언니로 대접받고 싶었던 모양입니다.

그녀와의 갈등으로 인한 내 마음의 소용돌이를 잠재울 방편이 필요했습니다. 길게 숨을 들이마시고 내쉬기를 몇 차례 했습니다. 그 순간뿐이었습니다. 좀처럼 분이 사그라들진 않았죠. 답답하고 짜증이 났습니다. 무작정 나갔습니다. 어디를 가는지도 모른 채 발길 닿는 대로 걸었죠. 나중에 헤아려 보니 동네를 세 바퀴는 돌았더군요. 마음은 조금 진정되었습니다. 그렇지만 해결되지 않은 감정의 찌꺼기가 올라올 때마다 찜찜했죠. 일단 종이에 적었습니다. 처음엔 뭐라 쓸지 막막하더군요. 그저 생각나는 대로 쓸 뿐. 시작하니까 또 쓰게 되더라고요. 쓰다 보니 채워지고, 채워지니 뭔가 해결의 실마리를 찾을 수 있으리라 기대하면서. 미심쩍은 감정의 원인을 분석해 줄 거라 상상하며. 역시나! 쏟아 내니 갈등의 근원에 점점 더 가까워지고 있음을 알아챘죠. 더, 더, 더 거침없이 써 내려갔습니다. 상처받은 마음, 그녀에 대한 미움 그리고 상황에 대한 불공정함을 솔직하게. 물론 쉽지 않았지요. 감정이 격렬했거든요. 이따금 더 많은 분노가 쏟아져 나오더군요. 하지만, 계속 글을 썼습니다. 내 감정을 인정하고 표현하는 게 상황을 이해하고 다루는 첫걸음임을 확신하기에.

마구 써 내려가는 동안 왜 그렇게 화가 났는지, 그 감정이 어디에서 비롯된 것인지 조금은 이해할 수 있었죠. 제자가 그렇게까지 말했던 이유, 서로에 대한 기대와 실망 그리고 감정적 반응들까지 분석해 보았거든요. 이러한 성찰을 통해 내 감정의 뿌리를 찾을 수 있었지요. 단순히 그녀의 행동 때문만은 아니었다는 걸 알아차렸습니다. 여전히 그 상황이 이해가 가지는 않지만, 그녀를 있는 그대로 바라보았지요. 오해였고, 소통이 부족했습니다. 온전히 믿지 못해 불안했고요. 거기에 불확실한 감정들이 복합적으로 작용한 결과인 거죠. 분하고 억울했던 마음이 조금씩 가라앉습니다. 감정을 표현하는 것에서 한발 더 나아간 듯했지요. 마음을 고요하고 차분히 하면서 다시 그녀의 말과 행동을 받아들이기로 했습니다. 마음을 이해하려고도 노력했고요. 그녀의 관점으로 상황을 재해석해 보려고 애썼지요. 이 과정에서 내 감정을 조절하고, 나 자신과 상대를 용서할 수 있는 길이 있음을 찾은 거죠. 몸과 마음이 평온해졌습니다.

분노가 올라오면 더 이상 그 감정을 마음에 가두지 않기로 했습니다. 대신, 글 쓰며 그것을 끄집어내고, 마주하며, 이해하려고 합니다. 서두에서 말한 예처럼 일방적으로 공격을 받은 이후 속상하고 분노가 가득 찬 상태였지만, 글을 쓴 겁니다. 물론 처음에는 상처받은 마음과 상대방에 대한 불만이 주를 이루었죠. 글을 쓰며 점차 감정의 깊은 곳을 성찰했습니다. 제자와의 갈등 상황을 구체적으로 묘사했죠. 그 상황에서 떠올랐거나 느꼈던 감정의 변화를 세세하게 적었습니다. 마음을 가라앉히고 살펴보니 알겠더군요. 제자에 대한 실망감, 배신감 그리고 내 기대가 충족되지 않았다는 느낌은 모두 분노의 근원임을. 어떤 식으로든 표현해야 했어요. 그것에 휘둘리고 싶지 않았거든요. 글을 써 내려가면서 점차 감정의 해석으로 이어지더군요. 나에 대해서도 더 깊이 이해할 수 있었죠. 왜 그토록 일방적인 공격에 쉽게 화가 났는지, 내 기대가 어떻게 갈등을 유발하는지를 찾을 수 있었으니까요. 의미 있는 선물을 받은 거죠. 감정이란 게 외부 상황에 대한 반응만이 아니란 걸. 그리고 내 안의 미해결된 문제와 연결되어 있음을.

그렇습니다. 분노를 잠재우는 글쓰기 경험은 나에게 많은 걸 가르쳐 주었습니다. 감정은 인간의 본성이며, 그것을 표현하고 이해하는 게 중요하다는 것을. 오해와 갈등과 극복하는 방법과 상대방을 이해하고 용서하는 법을. 화가 나서 견딜 수 없을 때 글을 쓰면서 떠오르는 감정을 다룰 수 있다는 사실을. 이 경험은 나에게 더 강하고 성숙한 사람으로 성장할 기회였습니다.

글쓰기를 통해 마음을 정리하고 나니 한결 가벼워졌습니다. 이후 제자와 대화를 시도했죠. 대화에 임하는 태도가 분명 달라져 있었지요. 내 감정을 솔직하게 표현했고, 우리의 오해와 갈등을 해결하기 위한 의지를 보여 주었습니다. 성과가 있을 줄은 몰랐거든요. 제자 역시 본인의 입장과 감정을 털어놓더라고요. 적어도 그 순간엔 서로를 이해했다고 생각했죠. 오산이었습니다. 관계가 철저하게 깨졌거든요. 그런데도 관계에 있어서 이해와 통찰을 발견하게 되었죠. 그것만으로도 의미와 가치가 있습니다. 글쓰기가 치유와 회복을 위한 활동인 건 분명한 사실인 셈이죠.

분노를 잠재우는 글을 쓰며 깨달았죠. 치유의 길을 찾았으니까요. 맞아요. 내 감정을 표현하고 이해할 수 있습니다. 강력합니다. 갈등을 해결하고 관계를 회복할 수 있는 도구이기도 하고요. 글쓰기는 이제 나의 삶에서 분노를 다루고, 마음의 평온을 찾는 중요한 열쇠입니다. 궁극엔 분노를 넘어서 용서와 화해의 길을 열어 주는 나만의 '빛'입니다.

쓰다 보니 별일도 아니네

이은희

"아! 짜증 나!"

연이은 영하 날씨로 거리가 꽁꽁 얼어붙었다. 눈도 쏟아진다. 아들 생일 파티에 어머니와 언니를 초대했다. 예정된 날이라 미룰 수 없었다. 사정상 차를 사용할 수 없었다. 파티가 끝나고 택시를 불렀다. 오늘은 택시 잡기가 하늘의 별 따기다. 몇 번의 시도 끝에 다행히 택시가 있었다. 몇 분 후, 택시가 왔다고 알람이 떴지만 보이지 않았다. 혹시 아파트 입구 쪽인가, 싶어 걸어 나갔다. 찾을 수 없었다. 전화를 걸었다. 기사는 택시를 불렀던 '동 입구'에 있었다. 50미터 남짓의 가까운 거리였다.

"어머니가 무릎이 불편하신데 길이 미끄러워서요. 죄송한데 이쪽으로 와 주시면 안 될까요?"

"동 입구로 불렀으니, 손님이 이쪽으로 오세요!"

어차피 입구로 빠져나가야 하는 경로다. 택시 기사는 나에게 오라는 말만 반복했다. 정적이 흘렀다. 고작 차로 30초 내외의 거리다. 결국 택시는 '붕' 소리를 내며 왔다. 멀리서 봐도 성이 잔뜩 나 보였다. 도착하자마자 창문을 내렸다. 나를 보더니 말을 쏘아붙였다.

"무슨 이런 경우가 다 있어요?"

사오십 대로 보이는 여성분이었다. 가는 동안 내내 손님이 예의가 없다는 둥, 이런 경우는 기가 막힌다는 둥, 어머니에게 온갖 불평불만을 했다고 한다. 심지어 언니가 하차할 때, 완전히 내리지 않은 상태에서 출발해 버려 위험할 뻔했다는 말을 전해 들었다. 순간 얼굴이 뻘겋게 달아올랐다.

"아! 짜증 나!"

나도 모르게 "짜증 난다."라는 말이 툭 나왔다.

'내일 택시 회사에 전화해서 민원을 걸어 볼까?'

'어떻게 하면 저 사람이 본인 잘못을 뉘우칠까?'

설거지하면서도, 국을 끓이면서도 그리고 양치질하면서도 오직 그 생각뿐이었다. 잘 시간이 되어 침대에 누웠다. 흥분 상태가 가라앉지 않았다. 패씸했다. 잠이 오지 않았다. 안 되겠다. 거실로 나와 노트북을 켰다. 그리고 흰 창 위에 키보드를 두드렸다. 숨을 크게 들이마셨다. 오늘 있었던 일을 순서 그대로 적어 보았다. 감정은 뺐다.

"택시를 동 입구에서 불렀다. 도착 알람이 떴는데 택시가 보이지 않왔다. 혹시 아파트 입구 쪽에서 기다리고 있나 싶어, 무릎이 불편한 어머니와 함께 아파트 입구 쪽으로 걸어 나갔다. 서로 엇갈렸다. 우리가 아파트 입구 쪽으로 걸어 나가는 동안, 택시는 동 입구에 가 있었다. 무릎 불편한 어머니가 있으니 나와 달라고 부탁했다. 어차피 나가는 경로이고 50미터 남짓 거리였다. 택시는 손님이 부른 장소로 가는 게 원칙이라며 계속 주장했다. 실랑이 끝에 결국 택시가 왔다. 가는 내내 어머니에게 불편한 말을 했고, 언니가 내릴 때 기다려 주지 않아 사고로 이어질 뻔했다."

다 쓰고 나서 한번 쭉 읽어 보았다. 여기저기 널브러져 있던 일들이 깔끔하게 정리가 됐다. 입장을 둘로 나눠 보았다. 우선 내 입장이다.

'분명 동 입구에서 불렀고, 거기에서 기다렸다. 하지만 도착 알림과 달리 택시가 보이지 않았다. 혹시나 아파트 입구 쪽에서 기다리고 있나 싶어, 어머니와 함께 입구 쪽으로 걸어 나왔다. 날도 춥고 길도 미끄러운데 살짝 짜증이 난다. 택시를 부르면, 택시가 입구 쪽으로 많이 혼동한다. 무릎이 불편한 어머니가 혹여 빙판길에 다치기라도 할까, 걱정이다. 이런, 서로 엇갈렸나 보다. 택시는 동 입구 쪽에서 기다리고 있다고 한다. 어차피 나가는 경로이고, 50미터도 안 되는 거리다. 아파트 입구 쪽으로 나와 달라고 부탁했다. 그것도 최대한 공손하게. 무엇보다 어머니가 무릎이 불편하다고 하면 나와 줄 거로 생각했다. 기사는 손님이 부른 장소로 오라며 막무가내다. 결국 택시가 오기는 했지만 계속 무례하게 행동했다. 그깟 엎어지면 코 닿을 거리를 가지고 이

렇게 야박하게 구나 싶어 화가 난다.'

이제는 택시 입장이다.

'오늘은 눈으로 도로 사정이 좋지 않다. 나는 손님이 부른 장소로 정확히 도착했다. 기껏 도착했더니 본인이 입구 쪽에 있다며 나오라고 한다. 아무리 나가는 방향이고 가까울지언정 손님이 잘못한 일이다. 손님이 택시를 부른 쪽으로 오는 게 맞다. 원칙을 어긴 사람은 손님이다. 미터기를 켜는 시점부터 택시 요금인데 막무가내로 자기 입장만 내세운다. 더군다나 오늘 같은 날은 택시 잡기도 힘들다. 기껏 태우러 왔더니 고마운 줄도 모르고……. 정말이지 진상이다.'

물론 손님이 다 내리지도 않았는데 급하게 출발한 것은 잘못이다. 하지만, 추운 날 제시간에 와 준 택시 덕분에 이유가 어찌 됐든 어머니가 집까지 도착할 수 있었다. 그 기사도 누군가의 엄마이고, 어쩌면 생계는 짊어져야 하는 생업일 수도 있다. 오늘처럼 눈이 오는 저녁, 아이들과 함께 시간을 보내고 싶은 날이었을 수 있다. 유독 오늘 일이 잘 풀리지 않아서 평소보다 좀 날카롭게 대응했을 수도 있다.

'그래. 그럴 수도 있었겠다.'

글을 다 마친 다음에는 굳이 택시 회사에 민원을 하고 싶지 않았다. 조금 더 떨어져서 볼 수가 있게 됐다. 택시 기사 처지에서도 생각해 볼 수 있었다. 지금 일어난 일에 누군가를 탓하는 걸로 결론을 맺고 싶지 않았다. 무엇보다 오늘 가족과 보냈던 따뜻한 시간을 외부의 사건으로 망치고 싶지 않았다.

'쓰다 보니 별일 아니네.'

뒤엉켜 있던 감정과 사건들은 서서히 제자리를 찾아갔다.

다음 날 아침, 눈을 비비며 일어나는 아이들을 꼭 안아 주었다. 출근하는 남편에게도 오늘 하루 행복하라는 인사를 잊지 않았다. 사랑이 넘치는 충만한 아침이었다. 만약 일기를 쓰지 않고 그냥 분노를 끌어안고 잠이 들었다면 감히 맞을 수 없는 아침 풍경이었다. 눈뜰 때부터 비장한 각오로 하루를 시작했을 것이다. 둘째가 나를 안아 주는 순간에도 어떻게 하면 그 택시 기사의 악행을 적나라하게 고발할 수 있을지 잔뜩 미간이 찌푸린 채로 고민하고 있었을 것이다. 가치 없는 일에 에너지를 다 쏟아 내느라 정작 귀하고 소중한 시간을 놓칠 수 있었다. 택시 사건은 어쩔 수 없는 일이다. 이미 일어난 일이다. 하지만 외부 사건을 받아들이는 태도는 내가 결정할 수 있다. 최대한 내가 불편하지 않게 받아들이면 될 일이었다. 그분으로서는 그럴 수도 있었겠다며 이해하니 또 별일도 아니었다. 어렵지 않았다. 글을 쓴다고 인생의 모든 문제가 해결되지는 않지만, 글쓰기는 나를 바라보게 해 주었다. 그리고 객관적으로 볼 수 있게 도와줬다. 원하든 원하지 않든 사건은 끊임없이 생긴다. 나는 내가 행복하기로 선택했다. 나를 위해서.

글쓰기가 나를 살렸다.

욕 좀 하고 살아도 됩니다

정원희

화를 잘 내는 편이 아니다. 부정적인 말을 하는 것도 좋아하지 않는다. 부정적인 생각조차도 결국 나에게 화살이 되어 돌아올 것을 안다. 욕해 주고 싶고, 벌주고 싶은 상대는 나만큼 힘들어하지 않는다. 화를 내는 내가 힘이 더 든다. 그럼에도 화가 올라오는 경우가 있다. 일 년에 한두 번 정도이다. 그럴 때면 오히려 나는 입을 닫는다. 조용히 글을 쓴다. 나에게.

대학 교수 5년 차였을 때였다. 선배 교수가 나를 자신의 연구실로 불렀다. 본인의 학과가 축소되면서 우리 과로 넘어온 교수였다. 바리스타 전공 담당 교수였다. 자신의 교수 초년 시절 이야기를 하기 시작했다. 가만히 앉아 이야기를 들었다. 이야기의 요지는 내가 신임 교수로서 자신만큼 열심히 하지 않는다는 것이었다. 그렇게 하면 안 된다는 충고를 해 주고 싶었던 모양이다. 본인이 했던 학교 눈치 보기, 선배 교수에게 무조건 복종하기 등을 하지 않는 나를 못마땅해했다.

내가 교수로 임용된 시기는 대학에 입학할 학생 수가 점점 줄어들고 있던 때였다. 학생 수가 줄어들면 벚꽃 피는 순으로 학교가 정리될 거라는 이야기가 있을 정도였다. 박사 학위를 받고도 학교에 정년 트랙 교수로 임용이 되기는 하늘의 별 따기였다. 정년 트랙을 보장받은 기존의 교수들은 학과가 없어져도 함부로 학교에서 자를 수 없으니, 다른 학과로 옮겨 가거나 신설 학과를 개설해서 그 학과의 교수가 되기도 했다. 교수들도 학교에서 살아남기 위해 무단한 노력을 해야 했다.

바와 레스토랑에서 근무하며 직원들을 교육하는 일을 했다. 재미있고 보람도 있었다. 현장 경험을 살려 후배들을 양성하는 일을 더 해보고 싶었다. 대학원에 가서 학위를 받고 관련 학과가 있는 대학에서 강의하면 된다고 했다. 당시 베니건스에 근무하고 있던 나는 경기대학교 대학원 외식조리관리학과 석사 과정에 진학하였다. 교대 근무를 하는 환경 덕분에 일하지 않는 시간을 조정하여 일반 대학원을 다닐 수 있었다. 석사 학위를 마치고 대학 강사가 되었다. 나와 같은 길을 가고자 하는 후배들을 만나는 일은 늘 설렌다. 일하면서 있었던 에피소드를 들려주면 학생들은 좋아했다. 새벽 2시에 마감 업무를 하고 아침 9시 수업을 했던 날도 있었다. 쉬는 날에는 학회를 가거나 도서관에 가서 강의 자료를 만들었다. 부족한 잠은 버스에서, 지하철에서 잠시 눈 붙이는 걸로 대신했다. 피곤했던 몸도 학생들을 만나 강의를 하면서 충전되었다. 그때부터였던 것 같다. 배워서 남 주는 일의 즐거움을 알게 된 것이.

석사 학위를 끝내고 다시 세종대학교에서 외식경영학으로 박사 과정을 시작했다. 2008년 박사 학위를 받을 때까지 와인, 칵테일 실무, 레스토랑 실무 등과 관련한 강의를 하러 전국의 대학을 다녔다. 아침 일찍 일어나 강의를 하고, 업장으로 와서 새벽까지 근무해도 힘든 줄 모르고 일했다. 박사 학위를 받은 지 1년 만에 지방 대학의 교수로 임용이 되었다. 밤을 새워 가며 책을 읽고, 해외 최신 자료를 보며 강의 자료를 만들었다. 15년간의 현장 경험과 학문적 자료를 조합해 수업 준비를 하고 학생들을 만났다. 와인 전문가를 꿈꾸는 학생들을 만나 우리가 좋아하는 것에 관한 이야기를 나누는 일이 즐거웠다. 밤늦게까지 집에 가지 않고, 내 연구실에 모여 함께 공부했다. 그런 것이 내가 꿈꾸던 대학 교수의 생활이었다.

그런 나에게 교수 생활을 잘못하고 있다는 선배 교수의 말이 처음에는 잘 이해되지 않았다. 와인 전문가 양성을 위해 시작된 학과가 점점 정체성이 모호해지고 있었다. 총장님에게 면담 요청을 하고 찾아갔다.

"정 교수가 그렇게 학과에 포부와 비전이 있었다는 것을 왜 이제야 말하는 거죠?"

오히려 나에게 왜 이제 와서 그런 말을 하느냐고 했다. 여러 가지 제안을 할 기회는 많았는데….

순간 머리를 한 대 얻어맞은 것 같았다. 이미 학과장이나, 선배 교수

들과 회의할 때 아이디어를 내놓았던 내용이었었다. 그럴 때마다 학교
에서 허락하지 않는다는 답변을 들었다. 당연히 그런 줄 알았다. 학과
를 발전시키고, 학생들을 더 훌륭하게 육성할 수 있는 나의 아이디어
와 계획들은 하나도 전해지지 않은 것을 그때야 알게 되었다. 심지어
그렇게 열정적이고 적극적이던 나를 오히려 드러내지 않게 하려고 막
고 있었다. 총장님의 눈에는 무능력한 계약직 교수가 하는 투정쯤으
로 들렸을 것이다. 그동안 나에게 기회를 주었다고 생각했을 테니까.
학과에 있었던 두 사람의 교수를 찾아갔다.

한 사람은 비겁하게 나를 피했다. 한 사람은 자기가 신임 교수 시절
에는 그러지 않았다고 나를 나무랐다. 나를 위해 주는 척했던 것도 자
신의 자리를 지키기 위함이었다는 것을 알게 되었다.

"나는 당신처럼 안 할 거예요."
"절대 나를 위한다는 이유로 무언가를 하려고 안 했으면 좋겠어요."

더 퍼부어 대고 싶었다. 악을 쓰고 싶기도 했다. 왜 그랬냐고 따져
묻고 싶었다. 그냥 연구실 문을 닫고 나왔다. 입을 열면 내 입에서 엄
청난 말이 쏟아져 나올 것 같았다. 내 연구실로 와서 책상 앞에 앉았
다. 전원이 켜진 컴퓨터에 마우스를 옮겨 네이버 블로그를 열었다. 글
을 써 내려가기 시작했다.

화나고 억울한 마음을 이야기하고 싶었다. 부모님, 남편, 친구가 아
니라 나를 향해 글을 썼다, 누군가에게 조언을 듣고 싶은 것이 아니었

다. 우선 최대한 객관적으로 사실 그대로의 상황을 써 내려갔다. 차마 입 밖으로 내뱉지 못한 말도 글로는 할 수 있다. 욕 좀 하고 살아도 된다. 작은따옴표를 쓰고 내가 하고 싶었던 말을 적었다. 이렇게 말하려고 했다고 썼다. 속이 후련했다. 내 마음이 어떠한지도 천천히 썼다. 그리고 앞으로 어떻게 하고 싶은지도 고민했다. 화가 나서 미칠 것 같고, 벌렁거리던 심장은 조금씩 진정되기 시작했다. 내가 바꿀 수 없는 것에 대해서는 생각을 접었다, 내가 할 수 있는 것만을 생각했다. 나의 잘못이 무엇이었는지에 대해서도 정리해 보았다. 대학의 교수는 학생들을 위해 강의만 하는 사람은 아니었다. 대학도 하나의 직장이고, 나는 이 조직의 직원이었던 나의 역할을 인지하지 못했었다. 그리고 알게 되었다. 시간 강사로 학생들을 만나는 시간들이 훨씬 더 행복했다는 것으로 결론을 지었다. 대학 교수로 임용되었던 내가 다시 프리랜서 시간 강사로 돌아가기로 마음먹는 순간이었다. 이런 글들은 누구를 위한 글이 아니라 나를 향한 글이었기 때문에 처음에는 비밀글로 저장을 한다.

블로그에 비공개로 되어 있는 글들이 있다. 엄청난 비밀이 있는 글들은 아니다. 기분 좋지 않은 일이 있을 때 내 감정을 모두 쏟아 내었던 글들이다. 내 안에 있는 화, 부정 모든 것을 토해 내듯이 글을 쓴다. 그렇게 하고 나면 속이 좀 후련하다. 나에게 남는 것이 없다. 남기고 싶지 않은 감정들이다. 그렇게 쓴 글들을 비공개로 두는 이유는 조금 식히기 위해서다. 뜨겁게 달구어진 글들은 너무 자극적이다. 내가 뱉어 낸 화가 다른 사람에게 화가 될 수 있다. 온도가 조금 내려가면 다시 조금씩 고쳐 쓸 여유가 생긴다. 결국, 화로 시작된 글은 다음 단계를 위한 좋은 계기가 되는 경우가 많다. 그러면 자물쇠를 열어 세상에 내어놓는다. 나와 같은 경험을 하고 화를 내고 있는 사람들에게 말해 주고 싶어서이다. 오히려 좋은 기회가 되어 달라질 수 있다고.

SNS는 나의 감정 쓰레기통이 아니다. 내가 화가 났다고 하면, 억울하다고 하면 처음에는 나를 위로해 줄 것이다. 응원해 줄 것이다. 이러한 일이 반복되면 사람들은 나를 멀리할 것이다. 사람들은 긍정의 에너지를 좋아한다. 나의 글이 누군가를 위한 글이 되기 이전에 내 마음을 살필 필요도 있다. 글은 말과 달라서 꺼내 놓기 전에 수정할 기회가 여러 번 있다. 일단 화가 나거나 속상한 일이 있으면 내 마음을 다 털어 낼 글을 써 보자. 그러고 나서 조금 편해졌다면 내 글을 읽을 누군가를 위하는 마음으로 내 이야기를 들려주자. 만약 계속 온도가 내려가지 않는다면 욕 좀 더 쓰고, 내 마음 풀릴 때까지 기다려 주면 된다.

4장

삶의 무게에
지쳐 힘들 때

기록으로 남깁니다

김미예

손이 빠른 것도, 일을 완벽하게 해내는 사람도 아닙니다. 그저 주어진 일을 꼼꼼하게 하는 정도입니다. 최근 일거리를 집에까지 가지고 다니며 혼자 다 하는 것처럼 일에 파묻혀 있습니다. 매 순간 회사를 위해 살았다고 입버릇처럼 말했습니다. 일 잘하는 사람이라는 말이 듣고 싶었나 봅니다. 그런데 열심히 살수록 점점 더 버겁기만 했습니다. 양어깨를 짓누르는 것 같아 무거웠습니다. 삶은 호락호락하지 않았습니다.

낮에는 하루 평균 70여 명의 광고주와 상담을 하고 밤에는 글을 쓰는 작가로서 살아갑니다. 주변을 돌아보면, 참 열심히들 살아갑니다. 빠르게 돌아가는 세상에서 살아남기 위해 발버둥을 칩니다. 가슴이 답답해집니다. 열심히 살아도 여전히 제자리인 듯 마음이 편치 않습니다. 사무실에서 일이 끝나고 퇴근을 하면 아무것도 하기 싫습니다. 시원한 맥주 한잔 생각날 때 있습니다. 누군가 대신 밥이라도 해 주면 좋겠다는 생각뿐입니다.

둘째를 낳고도 일주일 쉬고 집에서 일했습니다. 벌어야 했으니까요. 아파도 아프다 소리 하지 못하고 일에 매달렸습니다. 일하다가 첫째와 둘째가 서로 부딪히며 넘어져 뒤통수가 벌겋게 부어오른 적도 있습니다. 아이들 보며 일하려니 여간 힘에 부치는 게 아니었습니다. 그래도 이를 악물고 일했습니다. 셋째를 낳고는 삼 일 뒤부터 집에서 콜센터 업무를 보았습니다. 그때만 해도 집에서 할 수 있게 배려해 준 회사에 감사했습니다. 기회라 생각하고 치열하게 일했습니다. 아이들 유치원 가고 기회가 좋아 출퇴근을 하기 시작했습니다. 짧은 기간 본부장으로 승진을 했지요. 더 배우면 월 급여도 오를 거라 생각하여 퇴근 후 세 시간 정도 공부를 시작했습니다. 업무에 필요한 파워포인트도 배우고, 말하는 법도 배우고, 인간관계에 관한 강의도 많이 들었습니다. 도와 달라고 한 적 없지만 지치고 힘이 들었습니다. 모든 걸 포기하고 싶었습니다. 나아지는 기미는 보이지 않고, 빚은 여전하고, 아무도 도와주지 않는 것 같아 그만 주저앉고 싶었습니다.

2020년 7월. '이은대 자이언트 북 컨설팅'의 대표 이은대 작가를 만났습니다. 지치고 힘이 들 때 글쓰기를 만났습니다. 강의를 듣고, 읽지 않던 책도 다시 읽었습니다. 블로그에 글을 쓰기 시작했습니다. 웃지 않고 날이 잔뜩 서 있던 내가 조금씩 달라졌습니다. 활짝 웃었고, 먼저 인사했습니다. 부끄러움은 있었지만 글 쓰는 걸 좋아하게 되었습니다. 작가라는 직업이 좋아 보이기도 했습니다. 책을 써 보라는 권유에 할 수 있을까 생각하면서도 강의를 들으며 점점 빠져들었습니다. 작심삼일 많았지만 반복해서 강의를 듣고 글 쓰는 연습을 했습니다. 수업 시간에 들려주는 이야기가 마음에 닿아 따라 하기 시작했습니다. 남 탓만 하던 내가 다른 사람을 배려하는 마음을 내어 줄 줄 알게 되었습니다. 책에서 만나는 문장을 통해, 이은대 작가의 강의를 통해, 너그러워졌습니다.

삶이 힘들고 지쳐 모든 걸 포기하고 싶을 때 만난 선생님과 글쓰기는 삶이 달라질 수 있다는 걸 알게 해 줬습니다. 눈이 반짝거렸습니다. 힘이 났습니다. 에너지를 채울 수 있었습니다.

나만 힘들다고 투정을 부리곤 했는데, 모두가 비슷하다는 걸 알았습니다. 글은 잊고 있던 '나'란 존재가 소중하다는 걸 확인시켜 주었습니다.

글을 쓰면 무엇이 좋고 어떻게 달라질까요?

첫째, 내가 살아있다는 걸 글을 통해 마주합니다. 내가 무엇을 좋아하고 싫어하는지, 어떤 것에 관심이 있는지 생각해 보지 않았습니다. 쓰면서 '아하, 내가 노래를 듣고, 끄적이고, 그림 그리는 것을 좋아했구나.' 알게 되었고 내 안에도 무한 잠재력이 있다는 걸 발견했습니다.

둘째, 화가 나는 일이 있어도 한 번 멈춥니다. '내가 틀릴 수도 있겠구나. 아니야! 이건 개선을 해야겠는데. 한 번 더 생각하길 잘했다.' 눈에 보이니까 생각을 깊게 할 수 있었고, 경솔한 행동을 줄일 수 있게 되었습니다. 성질이 급하고 참지 못해 버럭 화를 내는 버릇도 점차 줄어들었습니다.

셋째, 지나간 과거와 아직 오지 않은 미래를 걱정하느라 불안해하고 걱정하는 습관이 줄었습니다. 내가 어떻게 할 수 없는 일 또한 미련을 두지 않게 되었고요. 일상을 통해 '지금 이 순간'이 중요하다는 것을 느꼈습니다. 흔적을 남기니까 기억력에도 도움이 되고 즐거운 상상도 할 수 있었습니다. 품고 있으면 곪아 터집니다. 수습하기 힘이 들지요. 그러나 "나 이렇게 아파!" 하고 말하고 쓰면 "그래, 나도 그랬어. 나도 많이 아프고 힘들었어." 다들 공감하고 안아 줍니다. 없던 힘도 생깁니다. 그래서 글을 씁니다.

별것도 아니라 생각했던 하루하루가 모여 스토리가 됩니다. 글은 강력한 힘을 가지고 있습니다. 지치고 힘든 사람들, 목표와 꿈을 향해 한 발 내딛는 이들을 다시 움직이게 만드니까요. 우리들의 소소한 일상이 서로에게 힘이 되고 위로가 되는 거지요. 이렇게 생각, 관심, 관점 등을 기록한 다양한 이야기들이 삶을 살아가는 데 힘을 실어 줍니다.

'나만 힘든 게 아니었어. 와! 이런 사람도 살아가는구나! 나보다 더 열심히 살고 있었네. 그럼 나도 다시 살아 볼까?' 우리의 작은 생각이 모여 세상을 따뜻하게 만듭니다. 기록이 빛을 발하는 순간입니다. 단 한 사람의 독자가 내 글을 읽고 달라질 수 있다면 이보다 더한 가치는 없겠지요.

글, 길이 됩니다

김선황

한국행 비행기에 오르기 전에 첫 개인 저서 출간 결정 여부를 정하자고 작정했다. 오페라하우스를 배경으로 사진을 찍으며 출간할까 마음먹었다가, 모래사막이 뜨거워 깨금발로 통통거리면서는 2차 투고에 들어가자 했다가, 하버 브리지 위에서 거센 바람과 소나기를 맞으며 출간을 포기할까 생각했다. 청춘도 아닌데 흔들렸다. 도종환 시인이 '흔들리지 않고 피는 꽃이 어디 있으랴!' 했지만, 나열된 글들이 꽃으로 여겨지지 않았다. 꽃은커녕 민낯을 보일 수 있을지 경기에 가까운 떨림이 이어졌다.

책을 내야겠다고 생각하고 주제를 정한 것이 작년 3월이었다. 내신 기간과 겹치면 한 달 정도는 글을 쓸 여력이 없다. 6월 기말고사 마치고 본격적으로 초고를 쓸 수 있었다. 8월 말에 초고를 완성할 때만 해도 나쁘지 않았다. 퇴고하면서 헤밍웨이의 말을 절감했다. "모든 문서의 초안은 끔찍하다." 초고가 문제가 아니었다. 초고 수준의 퇴고를 하면서 '포기'를 진지하게 생각했다. 3회 퇴고를 거치고 11월 27일에 투고를 시작했다.

투고를 시작한다고 하니 주변 작가들이 출판사 거절은 아무것도 아니라며 예방 주사를 줬다. 각오했어도 거절 메일을 수시로 받는 것에 면역이 생기지 않았다. 처음에 메일이 왔다는 알림에 기대를 품었다가 같은 일이 반복되니 나중에는 제목만 보고도 내용을 알 것 같았다. 출판사 100여 곳에 넣고 2주일을 기다렸다. 수신 확인을 하지 않은 곳도 있었고, 메일이 반송되는 곳도 있었다. 주소를 잘못 써서 그런지 확인했다. 쓰지 않는 계정이었다. 2주가 지나서야 확인하는 출판사도 있었다. 12월 15일, 호주로 출발했다. 거절 메일이 간간이 들어오고 있었기에 호주에서도 거절을 확인했다. 여행이 끝나고 2차 투고를 해 보기로 잠정적으로 결정했지만, 출간에 대한 확신이 점점 떨어졌다. 더구나 여행 후에는 크리스마스 시즌이어서 투고하기 쉽지 않을 듯했다.

영화 〈빠삐용〉에서 주인공이 몸을 던졌던 마지막 촬영지 캡 파크에서 타즈만 해를 바라봤다. 하얀 거품과 아쿠아 블루 빛깔의 파도는 절벽에 부딪히고 부서지기를 반복했다. 절벽 가까이 가면 파도의 몸부림 흔적이 만져질 것만 같다. 여상히 파도는 제 할 일을 할 뿐이었다. 멀리서 보는 갭 파크 절벽은 한 폭의 그림인데, 가까이서 절벽의 속살을 보면 어떤 기분이 들까. 인간이 바라보든 말든 파도는 여전히 부딪힐 것이고, 절벽은 민낯을 계속 드러낸 채 자신의 시련을 감당할 것이다.

절벽의 민낯이 내 글처럼 여겨졌다. 여행 마지막 날 일정이 일찍 끝났다. 동네 마트에서 일행들이 건강보조식품 성분과 가격을 비교할 동안 나는 마트 안을 어슬렁거리며 복귀하자마자 할 일을 정리했다. 어차피 늦은 거 2차 투고로 가기로 했다.

22일 새벽 3시 30분, 집에 도착해 모닝 저널을 SNS에 올렸다. 동료와 함께 쓰는 호텔 방에서도, 흔들리는 봉고차 안에서 멀미를 참아 가면서 하루도 빼지 않았다. 키보드로 글을 쓰다가 폰에 손으로 입력하는 게 더뎠지만, 하던 일이니까 했다. 성탄절 연휴가 끝나고 지인을 만나 식사하는데, 매일 모닝 저널을 잘 읽고 있다고 했다. 구독하고 있는 줄도 몰랐다. 일상과 밀접한 글감이라며 매일 생각거리를 줘서 고맙다고 했다. 발행한 지 205일 되던 날이었다. 드문드문 잘 읽고 있다고 말해 주는 이들이 있긴 했지만, 그날 더 가슴에 와닿았다.

같은 날, 책 쓰기 수업을 받고 싶다는 수강생들과 연락했다. 앞서 발간한 공저 책을 읽고 나와 책을 쓰고 싶다고 했던 이들이다. 2차 투고를 진행하려던 느슨한 계획을 전면 수정했다. 출간 계약 의사를 밝힌 출판사에 연락했다. 출간을 결정하는 데는 한 달이 걸렸는데, 계약은 1시간도 걸리지 않았다. 나를 믿고 내 글을 좋아해 주는 독자를 위해 이제 적극적으로 움직여야 할 때다. 출판사와 피드백을 주고받으면서 때때로 원고를 전면 엎고 싶다는 유혹에 시달렸지만, 응원하는 수강생들과 구독자들을 생각하며 매일 용기 냈다.

'나만의 독자'가 있으니 좋다.

우선 글쓰기를 즐기게 만든다. 일기를 제외한 모든 글은 읽히기 위해 쓰는 글이다. 읽는 이가 있어야 존재 가치가 있다는 뜻이다. 작가의 진심을 알고 그의 글을 사랑하게 된 독자는 작가의 항구에 닻을 내린다.

퇴고를 거듭하다 보면 원고에 익숙해져 어느 순간 원고를 봐도 더이상 보이지 않는 부분이 있다. 그나마 오타는 고치기 수월하지만, 비문은 잘 보이지 않는다. 문맥이 이상한 곳을 찾아도 어떻게 고쳐야 할지 막연하게 느껴질 때도 있다. 이때 독자의 역할이 크다. 박종인의 『기자의 글쓰기』에는 글을 세상에 내놓기 전에, 신뢰할 수 있는 첫 번째 독자에게 먼저 보이라고 한다. 그들이 읽어 주는 것까지 글쓰기라고 정의한다. 독자가 무엇을 좋아하며, 어떤 글을 원하는지를 파악하면 작가가 더 나은 글을 쓰는 데 도움이 된다. 피드백이 그만큼 중요하다.

또 온전한 지지를 받을 수 있다. 한 명의 진정한 독자가 있다면 작가의 자신감이 높아지고, 이는 글쓰기를 더욱 열심히 하는 동력이 된다. 서로에게 이익이 된다. 책을 읽고 변화를 결심했거나 원하는 방향으로 변하고 있다면 독자에게 유형무형의 재산이 생성되는 것이다.

'글, 길이 됩니다.'
'예비 작가 페이스메이커'

모닝 저널에 매번 붙이는 해시태그 중 즐겨 쓰는 문구이다. '글'과 '길'은 모음 하나 차이로 뜻이 넓어진다. '글'을 쓰다 보니 실금 같은 '길'이 보인다. 계속 공사 중이다. 파헤쳐지고 장애물이 놓인 길은 불편하겠지만, 오직 나만 바꾸고 가꿀 수 있는 길이다.

'글'로 '길'을 만들어 간다. '나의 독자'와 나란히 가고 싶어 '예비 작가 페이스메이커'를 자처한다. 서로에게 '첫 번째 독자'가 되어 역량을 키워 나갈 것이다. '책 쓰기 1기 수강생'들과 함께 각자의 길을 만들어 나갈 것이다.

아침 감사 리추얼

김지안

"왜 호랑이를 만들었는지 신께 불평하지 말고, 호랑이에게 날개를 달지 않은 것에 감사하라." - 인도 속담

힘들다고 생각하면 더 힘들다. 극복할 수 있다고 생각하면 어디서 그런 힘이 나오는지, 극복을 위한 행동을 실행하게 된다. 일단 시작하면 두렵고 불안하고 걱정스러운 생각은 사라진다. 어렵고 하기 싫은 일일수록 빨리 시작하고 실행하려고 노력한다. 작은 도전을 할 때마다 성공하는 건 아니다. 작은 실패를 할 빈도가 높다. 그래도 실패라고 규정하지 않는다. 작은 경험을 위해 도전했고, 작은 실패를 통해서 나는 경험을 쌓았다. 무엇보다 내가 만든 철길 위를 달리고 있다면 불안하긴 하겠지만, 미래를 의심하지 않을 수 있다. 타인이 만들어 놓은 레일 위를 달리는, 목적지가 어디인지도 모르고 가는 여정처럼 불안한 미래는 없다. 타에 의한 목표와 목적을 향해 달리면서 진짜 끝이 뭔지도

모른 채 달리는 삶을 멈추기로 했다. 모든 것을 포기하고 싶은 순간에 글쓰기는 강력한 치유와 자아 발견의 도구로 작용했다.

직장인은 근무 시간 8~10시간 이상 회사 업무로 바쁘다. 하루 24시간 중 일하는 9시간, 수면 시간 7시간, 일상 시간 4시간이다. 남는 시간은 4시간이다. 하루 4시간을 어떻게 운영하고 사용하느냐에 따라 5년 뒤의 미래가 달라진다. 우선순위를 정한다. 내 인생에서 중요하지만 급하지 않은 일을 우선으로 배치한다. 독서, 글쓰기, 운동 3대 핵심 루틴이다. 2023년도 다이어리에 적힌 나의 2022년도 리뷰와 2023년도 계획 목표를 살펴보았다. 의도를 가지고 실행한 대로 독서, 글쓰기, 운동을 꾸준히 노력한 흔적이 보였다. 2023년도 다이어리에 기록한 계획은 개인 저서 출간, 공저 출간, 매일 수영하기였다. 목표한 바대로 모두 이뤘다. 글을 쓰고 매일 다짐하는 자기 확신과 자기 확언의 힘이었다. 나는 작은 성공을 경험했다. 계획했던 매일 블로그 포스팅, 매일 인스타그램 피드 올리는 건 성공하지 못했다. 그래도 실패라고 생각하지 않는다. 아직 나의 꿈이 명확하지 않기 때문이란 걸 알고 있다. 명확한 목표는 명확한 꿈이 있어야 한다. 내가 심장이 터질 것만 같고 온몸에 전율이 전해지는 그런 일을 인생의 목표로 삼고 도전한다면 성공 확률은 더 높아질 거다.

이제 곧 2024년 새해다. 연말연시에 꼭 해야 하는 일이 있다. 올해 쓴 다이어리와 다가오는 내년에 쓸 다이어리를 정리하는 일이다. 나에게는 1년 동안 실행한 일 중에서 베스트 어워드를 뽑는 시간이다.

2년 전부터는 P.D.S(Plan.Do.See) 오로다 다이어리를 사용하고 있다. '상상스퀘어' 고영성 대표와 신영준 박사의 독서와 글쓰기 내공이 담긴 다이어리다. 시간 우선순위를 정하고 계획, 실행, 반성을 효과적으로 할 수 있도록 도와준다. 지난 30여 년 가까운 세월 동안 나는 다이어리를 써 왔다. 주로 업무 목표와 나의 개인적 목표와 실행에 대한 리뷰, 재도전할 때 변경해야 할 방법은 뭔지 등등을 세세하게 기록했다.

기록은 존재의 증거이자 지식의 축적이다. 이것들은 우리가 과거를 이해하고 현재를 파악하는 데 도움을 주며, 미래를 계획하고 예측하는 데에도 핵심적인 역할을 한다. 10년, 20년 장기 계획과 1년, 3년, 5년 중단기 계획을 세워서 다이어리에 남긴다. 꿈은 되도록 크게 쓴다. 꿈을 크게 갖게 되면 현실적으로 일어나는 어떤 문제든지 사소하게 느껴지게 한다. 계획을 실행하는 데 감정적 어려움을 극복하기에 효과적이다. 일기 쓰기를 하면서 삶이 무너지고 어려울 때마다 자기 자신의 감정에 대응하고 다루는 데 도움이 되었다. 일기는 다른 사람과의 소통 도구로 활용될 수도 있다. 가족, 친구, 지인과 감정을 공유하고 대화할 때 도움 된다. 일기 쓰기는 매일 꾸준히 실천함으로써 이점을 극대화할 수 있다. 특히 어려운 순간에는 일기를 쓰면서 자신을 돌보고 내면의 지혜를 발견할 수 있다.

일기를 쓰는 순간만큼 바쁜 마음을 내려놓을 수 있다.

다음은 글쓰기가 어떻게 멈춤의 힘이 되는지에 대한 몇 가지 이유이다.

첫 번째, 감정을 해소하고 정리하는 수단이다. 글쓰기는 자신의 감정을 글로 표현하는 과정을 포함한다. 감정을 글로 기록하면서 마음의 부담을 덜 수 있고, 그로 인해 정서적인 안정을 찾을 수 있다. 이는 마음을 더 깊게 이해하고 감정을 놓아 내는 데 도움이 된다.

두 번째, 글쓰기는 자기 발견과 성장을 촉진할 수 있다. 어떠한 어려운 상황에서도, 그 상황을 글로 쓰면서 자신의 가치관, 욕망, 목표 등을 더 잘 이해하고 찾을 수 있다. 이를 통해 새로운 목표를 설정하거나 자신의 우선순위를 재조정할 수 있다.

세 번째, 글쓰기는 자신의 목표와 꿈을 다시 생각하고 그에 따른 행동 계획을 세우는 과정을 돕는다. 어떤 것을 포기하고 싶다고 느낄 때, 글을 통해 어떻게 긍정적인 변화를 이끌어 낼 수 있는지를 적어 보는 것이 도움이 된다.

네 번째, 글쓰기는 긍정적인 감사 의식을 강화하는 데 도움을 준다. 현재의 어려움에도 불구하고 긍정적인 측면을 찾아내고 글로 쓰면, 자신의 삶에 대한 감사를 느끼게 된다.

다섯 번째, 글쓰기는 자기 치유의 과정으로 활용될 수 있다. 어떤 문제에 직면했을 때, 그 문제에 대한 자세한 분석과 해결책을 글로 쓰면서 자기 치유의 여정을 걸을 수 있다.

여섯 번째, 타인과의 연결을 통한 지지 얻기이다. 글쓰기를 통해 자신의 감정과 경험을 표현하면, 이를 통해 타인과의 연결을 찾을 수 있다. 다른 사람들과 솔직하게 이야기를 나누면서 지지를 얻을 수 있다.

이러한 이유들로 인해 글쓰기는 모든 것을 포기하고 싶을 때 긍정적으로 변화하고 마음을 치유하는 데 도움을 줄 수 있다.

　2023년 9월 1일 아침, 출근하기 전 10분 글쓰기를 시작했다. 이전에는 일기를 보통 잠들기 직전에 썼다. 하루를 보낸 뒤 하루 중 있었던 일들을 기록으로 남겼다. 반성하는 글들을 주로 썼다. 마음이 가볍지 못한 이유를 명확히 알 수 없었다. 책 쓰기 강의에서 아침에 쓰는 감사 일기와 성공 일기가 좀 더 미래 지향적이고 현재의 삶을 충실하게 만들어 준다는 말을 들었다. 새로운 아이디어나 긍정적인 에너지를 받고 싶었다. 성공 일기와 감사 일기를 출근하기 전에 10분 동안 쓰기로 했다. 아침 일기를 써서 효과를 보았다.

　아침 일기가 효과적이었던 이유는 몇 가지가 있다.

　아침에 일기를 쓰면 일상에 긍정적인 영향을 미칠 수 있고 생산성과 안정감, 자기 확신을 확고히 할 수 있었다. 일기를 아침에 쓰면 새로운 날에 대한 감사 의식을 강화할 수 있다. 감사 리추얼이다. 일상 속에서 간과되기 쉬운 작은 기쁨과 감사할 만한 순간들을 기록 함으로써 긍정적인 마음가짐을 유지할 수 있다. 아침의 자기 확언 일기 쓰기는 자기 자신을 응원하고 격려해 주는 의식과 같이 자리 잡아 가고 있다. 스트레스가 해소되었다. 아침에 긍정적인 감정과 목표를 쓰면 스트레스를 예방하고 해소하는 데 도움이 된다. 계획을 세우고 긍정적인 에너지를 갖게 된다. 일상에서의 도전적인 일에 대비할 수 있다. 자기 성장과 발전이 된다. 아침에 일기를 쓰기 시작하고 그날의 목표와 계획을 기록하면서 기억력이 향상되었다. 목표를 기록하고 계획을 세우는 행위는 기억에 도움이 되는 활동이다. 아침 감사 일기 쓰기로 정신을 관리하고 하루를 시작하게 되었다. 흔들리지 않게 되었고, 자기중심을 잡기가 수월해졌다.

바쁘게 흘러가는 일상 속에서 일기를 쓰면서 멈추는 시간은 정신 줄 잡기 좋은 방법이다.

아침 감사 일기는 리추얼이다.

서랍 속 보물 수첩, 메모의 힘

김지연

어린 시절을 떠올려 보면 누구나 아끼는 보물 한두 가지는 있지 않을까. 나에게는 수첩이 그것이었다. 외관상 특별한 것 없었던 조그맣고 낡은 수첩에는 그날그날 적었던 메모들이 빼곡하였다. 특정한 주제가 있었던 것은 아니고 내가 좋아하는 물건과 사람, 그날의 기분, 읽던 책 등 나와 관련되거나 혹은 내가 관심 있는 것들을 기록하는 공간이었다. 뭐 그리 대단한 것도 없는 물건인데 어찌나 아끼고 소중하게 다루었던지, 책상 서랍에 두고 자물쇠로 꽁꽁 잠가 두었던 기억이 난다.

어른이 되고 나면 보물이 없어질까?

'메모벽'. 무엇을 지나칠 정도로 정리하는 버릇을 '정리벽'이라고 부르듯 습관적으로 메모하는 버릇을 메모벽이라고 부른다. 나의 메모벽은 학창 시절까지 이어졌다. 대학교에서도 다이어리나 노트를 보면 그때 그때 떠오르는 구절을 마구 적어 두었었다. 각각의 구절이 전체로 깔끔하고 논리적으로 연결되는 것도 아니었고, 내용마다 연결 고리가 있는 것도 아니었다. 그저 나중에 필요할지도 모른다는 생각으로 늘 메모해 두는 것이었다. 성인이 되고 '노트'라는 기종의 휴대 전화를 사용하면서 노트 속에는 수없이 많은 메모가 자리하고 있다. 메모가 유용하게 쓰일 때도 있고 그렇지 못할 때도 있지만, 그것들을 차곡차곡 모아 놓으면 마치 다람쥐가 볼주머니에 먹을 것을 모아 둔 것처럼 마음이 든든하다.

학교와 학원에서 아이들 국어를 가르치는 일을 하다가 독서의 중요성을 절실히 깨닫고 독서 코칭 전문 기관을 운영 중이다. 학원에서 아이들이 독서와 글쓰기로 성장하는 모습을 보면 보람을 느끼고 일에 대한 확신도 점점 확고해진다. 하지만 매 순간이 열정으로 넘쳐날 수는 없듯이 유독 지칠 때도 있다. 어느 날은 빨리 일을 마치고 돌아가서 아무 생각도 하지 않고 멍하게 있고 싶을 때도 있고, 출근하려고 하면 집에 있는 소파와 내가 마치 자석의 다른 극이라도 된 것처럼 떨어지지 않을 때도 있다. 특히 할 일이 산더미처럼 쌓여 있을 때는 더더욱 몸이 무겁다. 해결해야 할 일이 많을수록 부지런히 움직여야 하는데, 그러지 못하는 날이 있다. 그런 날도 억지로 몸을 일으켜야 한다. '일'이라는 것을 하는 대부분 사람이 그렇듯이 자신을 다그치며 일터로 나간다.

막상 출근하면 재미있고 즐거운 일이 더 많다. 하지만 지치는 날이 없을 수는 없다. 유독 제멋대로 행동하며 내 마음을 몰라주는 아이가 많은 날도 있다. 가끔은 나의 진심과는 다르게 일이 흘러갈 때도 있고, 학부모와 의도하지 않은 갈등이 생길 때도 있다. 수많은 아이를 이끌어야 한다는 책임감과 나를 믿고 학원에 맡겨 주는 학부모들의 기대에 어깨가 무겁기도 하다. 집으로 돌아오면 챙겨야 할 아이들과 밀린 집안일에 나의 배고픔은 그저 사치일 뿐일 때도 있다.

이때다. 자신만의 보물이 필요할 때, 나만의 힐링 포인트를 꺼내야 할 순간이다.

어떤 이는 아이의 사진이 보물일 수도 있고, 맛있는 음식을 먹는 순간이 보물이 되기도 한다. 커피를 한잔 내리고 좋아하는 음악을 들으며 읽고 싶었던 책을 읽는 순간, 시원한 맥주와 함께 보고 싶어도 아껴 두었던 드라마나 영화를 보는 순간이 될 수도 있다. 사랑하는 사람과 하루의 이야기를 나누거나 스트레스를 날릴 수 있는 운동을 할 수도 있다. 이 순간 얼마나 많은 위로를 받을 수 있을까. 자기가 좋아하는 일을 할 때, 그 순간을 오롯이 즐길 때, 그 모든 순간이 보물이 된다.

사람들이 각자 마음속에 보물을 한 가지씩 안고 살아가면 좋겠다. 나는 떠오르는 생각의 조각들을 멋지지 않아도 좋으니 잊어버리지 않게 수첩에 기록하며 보물을 만들어 간다. 다듬어지지 않은 삐뚤삐뚤한 생각 조각들을 꺼내어 요리조리 살피고, 해체하고, 재단하여 한 편의 글을 만들기도 한다. 글은 생각의 집합이다. 생각을 예쁘게 다듬는 과정에서 복잡하던 머릿속이 막힘없이 시원하게 흘러가는 시냇물처럼 깨끗하고 맑게 정리된다. 시냇물은 흘러가면서 아름다운 풍경과 소리를 몸에 새기며 물아일체가 된다. 그로 인해 더 많은 생각들이 메모장을 채워 갈 수 있다.

보물은 한 가지가 아니어도 좋다. 나 역시 힘들 때 두 아이의 사진을 보며 힘을 얻는다. 마냥 내 것을 모두 주기만 해도 좋을 아이들을 보면서 지친 마음에 비타민 한 알을 머금는다. 한 가지가 아니어도 괜찮으니 나만의 보물을 잊지 않고 만들며 살아가면 좋겠다.

글을 쓴다는 것은 무에서 유를 창조하는 것 같지만, 유에서 무가 되는 것이기도 하다. 머릿속에 복잡한 생각들, 나를 지치게 하는 것들, 심란한 마음, 포기하고 싶은 생각이 쓰는 순간에 오히려 단순하고 간단명료하게 정리되기도 하고, 사라지기도 하기 때문이다. 그뿐일까. 쓰다 보면 해야 할 일로 가득 차 숨이 차던 순간이 멈추고 편안하게 비워지는 쉼을 경험할 수 있다.

아무것도 하지 않아야만 쉬는 것이 아니다. 글쓰기는 오히려 앞만 보고 달려가는 순간을 잠깐 멈추어 생각하게 해 주며, 우리에게 '쉼'을 선물한다. 쉼이 있어야만 해야 할 일을 지치지 않고 할 수 있고, 목표를 향해 걸어갈 수 있다. 쉬지 않고 가면 넘어지기 쉽고 내가 가는 길이 맞는 길인지 살펴볼 겨를도 없다. 나는 메모장에 들어 있는 색색의 천 조각으로 하나의 조각보를 만드는 일로 쉼을 얻어 간다.

웹사이트나 앱에 회원 가입을 하면 아이디와 비밀번호를 설정해야 한다. 내가 정한 비밀번호를 혹시라도 잊었을 경우를 대비해 여러 유형의 질문을 만들어 두고 그중 하나를 골라 답을 정할 수 있다. 내 비밀번호 힌트 질문은 '당신의 보물 제1호는?'이다. 어른이 되어도 보물 상자 하나씩은 마음에 품고 살아야 하지 않을까? 힘들고 지칠 때 떠올리면 흐뭇하고 가슴 설레는 나만의 보물. 서랍 속에 자물쇠로 잠가 두었던 수첩 속 빼곡한 메모들이 오히려 나에게 머릿속의 빼곡한 생각들을 없애 준다. 지치지 말라고, 아니, 지쳐도 괜찮다고 말해 준다. 오늘 지치고 힘든 당신, 아무것도 하고 싶지 않다면 보물 제1호를 꺼내어 작동하기를 바란다. 당신의 모든 쉼을 응원한다.

삶이 글이 되고
글이 삶이 된 덕분에 버틴다

김흥선

'아! 이 짓을 언제쯤 끝낼 수 있을까?'

마음이 요동친다. 내일 카드 결제일인데 들어올 자금이 막혔다. 한쪽이 막히면 다른 쪽은 도미노처럼 줄줄이 무너진다. 온몸의 세포가 곤두선다. '언제까지 이 짓을 해야 하나!'

이자는 올라가고, 아이들은 줄어들고 있다. 숨쉬기가 힘들다.

벌써 20년이 다 되어 간다. 이놈의 돈에서 언제쯤 자유로울까? 직장을 그만두고 내가 원하는 삶을 선택했다. 현실은 냉엄했다. 쌍둥이 아들까지 3명의 자식과 어머니를 모신 가장이다. 아무 경험도 없이 여성 의류 인터넷 쇼핑몰을 시작했다. 온갖 시행착오를 거치며 3년 만에 자리를 잡았다. 그것도 잠시, 빨리 돈 벌고 싶은 욕심에 화를 불렀다. 3년간 일군 공든 탑이 3개월 만에 무너졌다. 맨주먹으로 다시 일어나 어린이집을 하고 있다. 문제는 맨주먹이었다. 대출을 잔뜩 안고 시작해, 이자를 내기가 버겁다. 더구나 아이들이 줄어들고 있으니 상황은 악화되고 있다. 결제일이 몰리는 매달 말일이면 멘탈이 나간다.

3년 전, 우연히 글쓰기를 시작했다. 내 안에 이야기를 그냥 쓰면 책이 된다고 했다.

"치유의 글쓰기가 별거 아닙니다. 힘들고 답답할 때 속에 있는 것 모두 글로 토해 내 보세요."

이 한마디에 귀가 솔깃했다. 답답한 현실에 도피처가 필요했다. 입과하고 2주 만에 주제와 목차를 받았다. 매일 한 꼭지씩 써 나갔다. 40꼭지 전체 산을 보고 걸었으면 얼마 가지 못했을 것이다. 그냥 한 발, 한 발, 한 꼭지만을 썼다. 글쓰기 자체가 힘든 현실을 하소연하는 장소였고, 나와 대화를 하는 시간이었다. 그렇게 글 쓰는 과정에 푹 빠져들었다. 그리고 두 달 만에 초고를 완성했다. 퇴고하고 6개월 만에 출간 계약을 했다. 과정을 즐겼을 뿐인데. 이것이 삶에 스며들었다.

빨리 성공하고 싶었다. 삶의 전반기 20년 세월을 의미 없이 보냈다. 그 빈자리를 빨리 메우고 싶은 욕심 때문이다. 아버지가 고등학교 1학년 때 돌아가시고 원치 않은 삶이 시작되었다. 취직이 잘 된다는 말 한마디에 적성에 맞지 않는 이과를 선택했고, 대학을 화학과로 갔다. 고통의 시작이었다. 마치 초등학생이 미적분 강의를 듣는 격이었다. 숨이 막혀 도망 다니다 보니 사회에 나가기 위해 준비한 것이 없었다. 할수 없이 대학원에 진학하고, 제약회사 연구원으로 사회에 나갔다. 부러워하는 직장이었다. 질식할 것 같았다. 그렇게 그만둘 때까지 20년이 걸렸다.

원하는 인생은 만만치 않았다. 처음 시작하는 여성 의류 인터넷 쇼핑몰은 3년간 각고의 노력 끝에 자리를 잡았다. '빨리빨리' 이 한마디로 빨리 올라가고 빨리 내려왔다. 동대문 의류 도매 시장에 신상을 사러 자주 나간다. '어느 쇼핑몰이 이걸로 1억을 찍었대…' 이 한마디에 나는 들썩였다. 여성 의류 쇼핑몰은 그 쇼핑몰 고유의 '빨(스타일)'이 흔들리면 죽는다. 스타일이 망가지는 순간 고객은 원클릭으로 다른 쇼핑몰로 향한다. 빨리 벌고 싶은 욕심에, 스타일에 맞지 않는 신상을 넣었다. 다른 쇼핑몰에서 대박이 났다는 이유만으로. 심지어 쇼핑몰의 가장 중요한 메인 모델도 바꾸었다.

"당신 빨 흔들리면 죽는 거 알지!"

아내의 경고에도 귀를 막았다. 채 한 달이 걸리지 않았다. 매출은 곤두박질쳤다. 3년간 힘들게 쌓았는데, 무너지는 것은 한순간이었다. 주모델을 바꾸었기에 돌아가기에는 시간이 걸렸다. 불행은 혼자 오지 않는다. 세무 조사가 들이닥쳤다. 그리고 문을 닫았다. 과정을 무시하고 결과만 쫓은 결말이다.

'아! 이 짓을 언제쯤 끝낼 수 있을까?'

다시 시작한 어린이집도 만만치 않다. 이자는 나날이 오르고, 아이들은 줄어들고 있다. 20년 전 직장을 그만두고 하루도 맘 편히 쉰 적이 별로 없다. 가족여행을 다녀온 기억이 없다. 그렇게 열심히 살았는데…… 버티고 있는 다리에 힘이 빠진다. 그럴 때 노트북을 켠다. 그리고 힘든 마음을 글로 쏟아 낸다. '왜 글을 쓰세요?' 물으면 바로 말할 수 있다. '살려고 씁니다.' 쓰지 않으면 살 수가 없다. 힘든 현실의 칼날이 심장을 찌르기 때문이다. 현실에 단단히 서 있으려면 글로 토해 내야 했다. 한참을 쏟아 내면 거친 숨소리가 잦아든다. 그리고 쓴 것을 찬찬히 바라본다. '잘하고 있어!', '잘될 거야!', '너를 믿어!' 자기 최면이 아니라 자신과의 대화다. 글 쓰는 세월이 길어질수록 속에서 딴지 거는 소리는 줄어들고, 격려의 말이 늘어난다. 글쓰기를 하기 전 '네가 그렇지 뭐!', '안 되는 것 해서 뭐 하니!' 많이 듣던 소리와 극명한 대조를 이룬다. 다시 편한 숨을 쉰다. 매일 글을 쓴 덕분이다.

지금 현실이 나아졌을까? 그럴 리가! 현실은 현실이다. 단지 힘든 현실을 해석하는 관점이 달라졌다. 글을 쓰며 과정을 즐겼듯이, 삶도 결과보다 과정에 집중한다. 힘든 일이 생기면 바로 반응하지 않는다, 과정을 거친다. 글쓰기처럼. 종이를 꺼내 반으로 접는다. 그리고 내가 통제할 수 있는 일과 아닌 일로 나누어 적어 본다. 이자가 오르고, 아이들이 줄어드는 것은 내가 통제할 수 있는 일이 아니다. 그럼 내가 할 수 있는 일은? 있는 아이들을 잘 보살펴 더 나가지 않게 한다. 어린이집 외에 다른 대안을 찾는다. 적어 보니 당장 할 수 있는 일이 많이 있다. 반으로 접은 종이 한쪽을 찢어 버린다. 남은 종이에 적은 일을 보고 움직인다. 이 과정을 거치면 걱정과 두려움이 반으로 줄어든다. 요즘은 아무리 힘든 일이 닥쳐도 흔들리지 않는다. 걱정하는 시간은 줄고, 움직이는 시간이 늘어났기 때문이다. 움직이면 어떻게 해서든 해결책이 나온다. 걱정이 걱정으로 남는 경우는 별로 없다. 다 과정에 집중한 결과다.

삶에 지치고 포기하고 싶을 때 나는 글을 쓴다. 글을 도구 삼아 힘든 감정을 토해 내고, 자신과 대화를 한다. 어차피 자신 몫의 고난은 누가 덜어 줄 수 있겠나. 믿을 것은 자신뿐이다. 그런 자신과 하나 되는 것은 글쓰기를 통해서다. 글쓰기 과정을 즐기듯 이제는 삶도 결과보다 과정을 즐긴다. 삶이 글이 되고 글이 삶이 되었다.

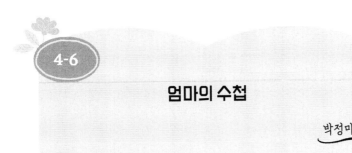

엄마의 수첩

박정미

살면서 누구나 어떤 문제에 부딪히게 된다. 원하던 일이 생각대로 잘 안 되거나, 어이없고 답답한 순간도 온다. 그럴 때 종이를 꺼내 글을 써 보자. 내 삶에 일어나는 문제들을 종이 위에 옮겨 놓으면 어느 정도 문제가 보인다. 문제를 알면 해결책도 찾을 수 있다. 설령 확실한 해결책을 찾지 못하더라도 마음은 가벼워질 수 있다.

'이게 뭐지?'

주말, 친정집을 방문했다. 엄마는 잠깐 노인회관에 다녀오신다며 나갔다. 안방에 앉아 핸드폰을 하고 있었다. 문득 고개를 들어 보니 방바닥에 뭔가가 눈에 띄었다. 손바닥만 한 파란색 수첩이었다. 수첩을 펼치자, 낯익은 엄마의 글씨가 보였다. 남편, 그러니까 아버지와 있었던 어떤 날에 대한 기록이었다.

'내가 이러이러해서 화가 났고 그래서 지금 이런 상황이다.' 대략 보아도 이런 내용이었다. 남의 일기장을 훔쳐보는 것 같아 얼른 수첩을 덮었다. 수첩을 덮고 나자 자꾸만 그 내용이 궁금해졌다. 다시 수첩을 펼쳐 조금씩 살짝살짝 보았다. 아버지와 싸워 속상했다, 화가 났다는 내용이었다.

엄마가 평생 가계부를 적어 온 건 알고 있었다. 여든이 넘은 지금도 매일 가계부를 적는다. 어디에 얼마를 쓰는지, 정확하게 적고 매달 통계를 낸다. 평생 그렇게 기록을 해 왔다. 가계부를 쓰며 알뜰히 돈을 관리해 온 덕분으로 노후 걱정은 하지 않는다. 자식들, 손주들에게 과분하다 싶을 정도로 용돈을 자주 준다. 엄마가 그렇게 여유로운 것은 가계부를 적어 온 덕분이 아닐까, 생각된다.

평생 가계부를 적어 왔지만, 그렇게 엄마의 일상과 감정이 담긴 글은 처음 봤다. 의외였고 낯설었다.

엄마가 돌아온 인기척이 들려 얼른 수첩을 덮었다. 하지만 엄마는 내가 수첩을 보는 것을 보았다. 엄마는 아무렇지도 않은 듯 말했다.

"내가 너희 아버지랑 싸웠을 때 속상했던 이야기 다 적어 놨지."

아무 말 없이 수첩을 엄마에게 건네줬다. 엄마는 수첩을 받아 서랍 속 제자리에 넣어 두었다.

여든 넘게 한평생 아버지와 살아오면서 속상한 날이 어디 한두 날이었을까. 화나고 분하고 속상한 날 분명 많았을 거다. 엄마는 젊은 시절부터 가게를 했다. 동네의 조그만 슈퍼였다. 하루 12시간 넘게 가게 문을 열었다. 일 년 365일 중 쉬는 날이 거의 없었다. 가게를 보면서 틈틈이 부업을 하고, 일거리가 있으면 밖으로 일도 나갔다. 내 기억에 엄마는 한 번도 제대로 쉬어 본 적이 없다. 그렇게 평생 살아왔다.

가끔 아버지와 싸워 속상한 날이 있었을 거다. 그 속상함을 어디에도 하소연하지 못하고 글로 적으신 것일까. 작은 수첩이 엄마에게 위로가 되었을까. 갑자기 눈물이 핑 돌았다. 적는 것이 엄마의 고단한 인생을 버티게 해 준 힘이 되지는 않았을까, 하는 생각이 들었다.

엄마는 지금도 매일 뭔가를 적는다. 가계부는 물론 집안 사소한 사건 사고들까지 모두 적는다. 심지어 겨울철 가스 사용량까지 매달 적으며 그 추이를 파악한다. 이렇게 적어 놓고 나중에 들춰 보면 재미있다고 한다. 번거롭지도 않은 모양이다. 엄마는 노인회관의 총무이기도 하다. 회관 살림살이를 다 하신다. "귀찮아 죽겠다." 하면서도 노인회관 장부를 시간 날 때마다 펼쳐서 정리한다. 적는다는 행위는 엄마 삶의 일부분인 것도 같다.

나도 그런 적이 있다. 벌써 꽤 지난 일이다. 요즘은 매일 일기를 적지만, 일기라고는 쓰지 않던 시절이 있었다. 남편과 싸울 때마다 컴퓨터 한글 파일을 열어 글을 썼다. 주로 남편으로부터 억울하고 분한 일을 당해 속상했을 때 글을 썼다. 어디 하소연할 곳이 없어 한글 파일에 마구 속상한 마음을 쏟아부었다.

자판을 두들기며 글을 써 내려가다 보면 어느 정도 마음이 풀렸다. 있었던 사실을 그대로 적다 보면, 마음이 차분히 가라앉았다. 도무지 이해되지 않던 사건이 조금 이해되는 순간이 있었다. 글을 쓰다 보면 마치 퍼즐 조각을 맞추듯이 어떤 사건에 대한 답이 아귀가 맞아떨어지는 순간도 있었다. 글을 쓰며 내가 어떤 일에 대해 오해했다는 사실도 알고, 내 마음이 좁았었다는 사실도 알게 되었다. 적기 전에는 분한 마음만 가득했었다. 글을 쓰며, 빵빵한 풍선에 바람 빠지듯이 내 마음속 분노도 조금씩 빠져나갔다. 한동안 마구 그렇게 속상한 마음, 답답한 마음을 한글 파일에 쏟아 냈다. 남편과 싸울 일이 점차 없어지자, 어느 순간 글도 더 이상 쓰지 않게 되었다.

기쁜 일은 쓰지 않았지만, 화나고 속상한 일은 왜 그렇게 적었을까. 종이 위는 안전했기 때문이었다. 답답한 마음을 풀 곳은 종이밖에 없었다.

누군가에게 나의 어렵고 복잡하고 힘든 상황을 털어놓기도 했었다. 잠시 위로가 되었지만, 근본적인 해결은 되지 않았다. 지금 되돌아보니 남편 때문에 속상했던 그 시절. 글을 썼기 때문에 지나올 수 있었다. 과거의 엄마가 그랬듯이 나도 글을 써서 힘든 시간을 버텨 올 수 있었다.

마음이 늘 답답했다. 하고 싶은 말 시원하게 한 적이 별로 없다. 마음이 무겁기만 했다. 글을 쓰면서 힘들었던 마음이 조금씩 나아지는 경험을 했다. 자연스럽게 글쓰기 관련 책이나 일이 눈에 띄었다. 책도 쓰게 되었고, 글을 쓰는 삶을 권하는 글쓰기 코치도 되었다. 빠르게 변하는 세상에서, 마음의 평정을 찾고 중심을 잡고 살아가는 방법의 중 하나는 글쓰기라고 생각한다.

글을 쓰며 예전보다는 많이 좋아졌다. 내가 하고 싶은 말을 조금씩 하고, 어떻게 살아가야 할지 방향도 잡아 간다. 힘들고 지지는 날이 있다면, 빈 종이를 꺼내 보자. 주변에 있는 아무 펜이나 잡아 글을 써 보자. 그 무엇이라도 좋다. 쌓이는 글만큼 내 인생도 좋아질 거라 믿는다.

상처와 아픔 덕분에

이은설

힘들고 어렵다고 좌절하거나 주저앉지 않았으면 좋겠다. 우리는 누구나 다시 일어설 힘을 가지고 있기 때문이다. 나의 경우 갈비뼈를 다친 덕분에 『나는 꿈을 이루는 요양보호사입니다』를 쓸 수 있었다. 흔들리지 않고 피는 꽃이 없고 아프지 않고 성장할 수 있는 사람은 없다. 아픔은 나에게 축복이었다.

21년 말경, 새로운 댁에 근무하게 되었다. 오후 2시부터 5시까지 근무였다. 할머니는 수술 후 다리를 못 쓰게 되었다고 수술한 의사를 원망했다. 수술 전에는 잘 다녔는데, 수술하고 걷지를 못해서 휠체어를 탔다고 했다. 그나마 본인 노력으로 이 정도라도 걷는다고 했다. 근무 삼 일째 되는 날이었다. 앞으로 도와 드려야 할 어른인데 발 마사지가 조금이라도 도움이 될까, 생각했다. 지난번 한일아파트 할머니는 발마사지를 받고 몸이 가벼워졌다고 하셨는데, 나의 노력이 할머니께 작은 도움이라도 되었으면 좋겠다고 생각했다. 마음이 앞섰다. 보통은 어르신이 침대에 누워 계시면 의자에 앉거나 서서 발 마사지를 한다. 그 댁에는 2인용 침대로 높이도 높지 않아서 서서 하기도 어려운 상황이었다. 의자도 놓을 자리가 없어서 그냥 침대 위에 올라가서 해 드리기로 했다. 수건을 깔고 발 마사지 크림을 바른 다음 순서대로 마무리까지 정성을 다했다. 발에 묻은 크림을 닦고 왼쪽 발을 하려고 자리를 바꾸는 순간, 나도 모르게 침대 구석으로 나가떨어졌다. 와장창! 쾅! 하고 창문이 심하게 소리를 내며 흔들렸다. 구석에 처박힌 나는 몸을 일으킬 수가 없었다. 깜짝 놀란 할머니가 침대에서 내려와 괜찮으냐고 물었다. 괜찮다고 대답했지만, 이미 내 몸은 숨 쉬기도 어려웠다. 괜찮다고 하면서 왼쪽 옆구리를 움켜잡고는 마지막 남은 발 마사지를 마쳤다. "아파서 못 하겠다." 소리는 하기 싫었다.

마침 목욕하는 날이라, 목욕시켜 드리기로 했다. 지금 생각하면 참 미련스러웠다는 생각밖에 들지 않는다. 몸이 아파서 못 할 것 같으니 내일 하자고 하면 될 것을 그 말 한마디를 하지 못했다. 등을 밀어 드리고 수건을 정리했다. 목욕탕 바닥을 물기 없도록 깨끗이 닦아 냈다. 아픈 옆구리를 잡고 엎드려서 바닥 물기를 닦아 내기는 쉽지 않았다. 사용한 수건을 세탁기에 넣으려고 하니 그냥 두어라 해서 한쪽에 모아 두었다. 안방 목욕탕에서 세탁기가 있는 베란다까지 걸어가기도 쉽지 않았다. 옆구리는 점점 더 아파 왔다. 말하기도 어렵고 숨쉬기도 힘이 들었다. 집까지 어떻게 갈까 생각하니 걱정이 되었다. 자전거를 타고 왔지만, 갈 때는 어림도 없었다. 근무 시간이 30분 정도 남았지만 아무것도 할 수가 없어서 방 한쪽 구석에 가만히 앉아 있었다. 며느리는 외출하고 집에는 할머니밖에 없었지만, 바늘방석에 앉아 있는 것 같았다. 시계 초침은 움직이는데 그날따라 시간은 왜 그렇게 더디게 가는지, 30분이 세 시간처럼 느껴졌다. 근무 중이더라도 아파서 못한다고 하고 퇴근하면 될 것을, 그렇게 할 수가 없었다. 무조건 근무 시간에는 근무해야 한다는 고지식한 생각뿐이었다.

시간이 되어 퇴근했다. 마침 아파트 앞에는 우리 집으로 오는 버스가 있었다. 택시를 타지 않아도 될 것 같았다. 360번 버스에 올랐다. 자리가 있어서 앉긴 했지만, 온몸이 아팠다. 한 걸음 떼기도 어려웠다. 숨쉬기도 힘들었다. 차창 밖을 멍하니 바라보았다. 앞이 캄캄했다. 병원비와 생활비가 걱정되었다. 내일부터 어떻게 해야지. 생각하는 동안 내릴 정류장에 도착했다. 버스정류장에 내려서 횡단보도를 건너야 집에 도착할 수 있었다. 다치기 전이라면 충분히 건널 수 있는 신호였지만, 중간에 신호가 바뀔 것 같아서 다음 신호를 기다려 가만가만 건너야만 했다. 빨리 걸을 수가 없었다. 집에는 아무도 없다. 불을 켜고 들어가 이불을 폈다. 그냥 자리에 누웠다. 한참을 누워 있었다. 그렇게 욱신거리던 것이 가만히 누워 있으니, 통증이 좀 가라앉는 것 같았다. '네가 많이 아팠겠구나. 힘들었지. 고생했다. 이제는 좀 쉬자. 너도 쉬고 나도 쉬자.' 누워 있는 내 몸에 말을 걸었다. 나도 모르게 눈물이 주르르 흘렀다. 가슴에 뭐 하나 묵직한 것이 눌려 있는 느낌이었다. 누워 있으면 괜찮은데, 조금만 움직이면 통증이 왔다. 타박상 정도일 거라고 생각했다. 아니, 타박상이면 좋겠다고 생각했다. 겨우 옷을 올려서 거울에 몸을 비추었다. 어른 주먹만 한 시커먼 멍이 옆구리에 딱 붙어 있었다. 근무하면서 산재보험을 넣고도 산재 처리가 되는지도 몰랐다. 인터넷으로 여기저기 검색했다. 산재지기라는 분을 알게 되었다. 전화로 상담했다. 근무 중에 다친 일이라 100% 산재가 된다고 했다. 그동안 산재 신청을 한 적이 없다고 하니 그렇다면 충분한 조건이 된다고 해서 한시름 놓았다. 병원에 갔다. 번호표를 뽑고 순서를 기다렸다. 누워 있으면 편한데 앉아서 기다리려니, 계속 옆구리가 아팠다. 순서가 되어 의사 앞에 앉았다. 의사에게 말하는 것도 힘이 들었다. 의사는 내 말을 몇 마디 듣고, 바로 엑스레이를 찍고 다시 오라고 했다. 한 걸음 떼기도 어려웠지만, 2층 엑스레이실로 올라갈 수밖에 없었다. 휠체어라도 태워서 누가 이동시켜 주면 얼마나 좋을까 생각이 들 정도였다. 안내하는 대로 탈의실에 들어가 옷을 갈아입고 나왔다. 몸을 이리저리 돌려 가며 사진을 찍었다. 차가운 금속이 몸에 닿을 때마다 깜짝깜짝 놀랐다. 다 되었다는 말을 듣고 조심조심 탈의실 가서 입고 온 옷으로 천천히 갈아입었다. 대기실에 앉아 있으니 이름을 불렀다. 천천히 걸어 의사 앞에 앉았다. 의사는 무표정한 얼굴로 엑스레이 사진만 보고 늑골 6번과 7번이 골절되었다고 했다. 완치 기간은 얼마나 걸리느냐고 물었다. 사람과 환경에 따라 다르고, 보통 한 달 보름에서 두 달 정도 걸린다고 했다. 약국 가서 약을 받아 집으로 왔다. 들고 온 약봉지를 책상 위에 툭 던졌다. 손도 까딱하기 싫었다. 모든 것이 귀찮았다. 밥을 먹어야 했지만, 아무것도 하기 싫었다. 그냥 누워만 있고 싶었다. 배가 고팠다. 뭐라도 해야 하고 움직여야 하는데, 몸 움직이기가 어려웠다. 내가 왜 이렇게 살지. 나는 왜 늘 이렇게만 살아야 하나. 생각하다가 잠이 들었다.

출근은 고사하고 앉아 있을 수도 없었다. 한 이틀 꼼짝 못 하고 누워서만 지냈다. 쉴 수 있어서 다행이라는 생각이 들었다. 사흘째 되는 날 겨우 자리에서 일어나 앉을 수 있었다. 내가 앉아서 할 수 있는 것은 책을 읽고 글 쓰는 것뿐이었다. 그나마 책상에 앉을 수 있어서 다행이었다. 그렇게 쓰고 싶었던 책을 쓰기 위해 과제를 쓰고 제출했다. 며칠 기다린 후, 목차를 받았다. 생각나는 대로 그냥 썼다. 글을 쓴다. 초고라 생각도 못 하고 그냥 막 썼다. 몸이 회복되어 근무하기 전까지 끝내야 한다는 생각에 종일 글쓰기에만 매달렸다. 밥 먹는 시간이 아까웠고, 잠자는 시간을 줄였다. 검은 볼펜 색깔이 검은색인지 파란색인지 구분할 수 없었다. 혹시 눈에 이상이 있나 하는 생각에 걱정이 되었다. 이삼일 지나자, 원래대로 정상 상태가 되었다. 일시적인 현상이었다. 한 달 만에 초고를 쓴다고 40꼭지를 마무리했지만, 글이 산으로 가기도 하고, 내가 의도하는 대로 그 뜻이 전해지지 않아서 답답했다. 퇴고하지 못하고 계속 잡고만 있었다. 근무하면서 새로운 글감이 나오면 다시 쓴 꼭지도 제법 되었다. '내 글을 내가 읽어도 지루한데, 지겨운 글을 누가 끝까지 읽어 주겠어.' 하며 초고만 잡고 늘어졌다. 시간은 나를 기다려 주지 않았다. 22년 초에 시작한 책은 23년이 되어도 마무리되지 못했다. 주변에는 책을 쓴다고 소문을 내고 다녔는데, 언제나 '책이 나올까?' 생각할 때마다 가슴이 답답했다. 우여곡절을 거치면서 퇴고를 시작했다.

갈비뼈를 다치지 않았더라면 내가 책을 쓸 수 있었을까 생각해 본다. 그 당시에는 나만 힘들고, 나만 불행하고, 나만 어렵다는 생각했다. 불행하고 어렵고 힘든 상황을 이겨 낼 수 있었던 것은 단연코 글쓰기였다. 책 쓰기를 하지 않았다면 아직도 내 인생에 대해 불평하고 원망하며 살고 있지 않을까, 하는 생각이 든다. 살아가면서 우리는 실패와 좌절, 힘듦과 어려움, 역경이 닥치는 것을 두려워한다. 두려움은 직시하고 버티고 싶다. 신은 우리가 더 나아지도록 고통을 준다는 글을 읽은 적이 있다. 더 나아지기 위해 더 성장하기 위해 오늘의 힘듦을 기꺼이 받아들이고 싶다. 내 삶이 더 나아지기 위해서 그냥 버티고 견디자. 반은 시간이 해결한다. 매일 내가 할 일만 묵묵히 하자 다짐한다.

희망의 빛, 글쓰기

이은정

나이 들어 갈수록 세상과 사람에 대한 인식이 '우물 안 개구리' 같습니다. 점점 더 협소해지고, 고집만 센 사람이 되기 쉽죠. 사람은 내가 아는 것만큼만 말한다고 합니다. 단순히 단어를 많이 알고 조금 알고의 문제가 아니죠. 사유를 많이 할수록 인식의 지평이 넓어집니다. 공감 능력과 소통 능력도 함께 향상되죠. 다양한 분야의 책을 읽었죠. 독서 노트를 쓰고 필사도 했습니다. 글과 문장이 내게로 와서 살아가는 데 힘을 주었죠. 문장 안에서 단어를 어떻게 배치할 것인가에 관해서도 도움받았고요. 맞아요. 글은 '세상을 이해하는 틀'을 선물합니다. 세상을 바라보는 관점을 다채롭게 하죠. 궁극엔 다양한 관점과 생각이 그 사람의 품격을 결정합니다.

"딸! 엄마가 이상해!"

"무슨 일인데요?"

"밥 먹다가 갑자기 음식이 입에 안 들어가더니 거품 같은 게 입 밖으로 나와!"

아빠의 전화를 끊고, 119에 연락했죠. 택시를 불러 서귀포로 향했습니다. 바람에 차가 휘청거리는 건지, 차가 빠르게 달리는 건지 모르겠습니다. 마음이 조마조마했고, 정신이 혼미했죠. 제발 아무 일 없기를 바라는 마음뿐이었죠. 35분! 제주시에서 서귀포 의료원까지. 그날은 비바람이 불어 자세히 앞을 보기도 어려웠죠. 앗! 응급실에 도착하자마자, 또 선택해야 하는 상황입니다. 다시 응급차 요청. 제주대학병원으로 이동합니다. 가는 길에 담당 교수를 알아보았고, 바로 수술하면 좋겠다고 요청했죠. 뭔가 지푸라기라도 잡고 싶은 마음에 '교수 찬스'를 쓴 겁니다. 감사했던 건, 뇌 전문 닥터가 당직 근무였습니다. 응급실에서 빠르게 처치할 수 있었습니다. 정신 줄을 놓지 않으려고 애썼지요. 그사이 동생도 병원에 도착했습니다. 일단 지켜보기로 했죠. 휴! 다행입니다. 골든 타임을 놓치지 않았답니다. 수술 없이 입원해서 경과를 지켜보기로 했죠. 아찔했던 순간이었습니다.

그동안 바쁘다는 핑계로 부모님을 살피지 못했습니다. 분명 전조 증상을 알고 있었거든요. 아빠와 동생, 남편과 아이들에게 선언했습니다. '엄마는 내가 지킨다!' 후회하기 싫었거든요. 아빠는 집으로 돌아갔고, 동생과 올케도 고마운 눈치였죠. 무모했다고는 생각지 않습니다. 만약 이대로 엄마에게 무슨 일이 생길지 모르기에 후회 없이 간호하고 싶었습니다. 낮에는 강의하고, 저녁에는 집에 들러 가족들 식사를 챙겼습니다. 밤에는 병원에서 병실을 지켰습니다. 몸은 힘들었지만, 마음의 짐은 한결 가벼웠죠. 매일 새벽마다 108배를 하고 명상으로 기도했습니다. 빨리 낫게 해주소서! 그때까지만 해도 글 쓰는 것보다 명상과 기도에 몰입했습니다.

"뇌종양입니다."

"……."

"괜찮아요? 지금부터 자세히 설명을……."

가슴이 철렁 내려앉았습니다. 의사가 무슨 말을 하는지 맴돌 뿐 알아들을 수 없었지요. 와장창 그릇이 깨져 흩어진 유리 파편들처럼 혼란스러웠습니다. 곰 한 마리가 내 어깨에 손을 얹은 것 같습니다. 몸이 무거웠고, 한 발짝 옮기는 게 쉽지 않았지요. 절망이었습니다. 엄마에게 전화하는데, 말은 버벅대고, 볼에는 눈물로 범벅이 되었습니다. 고향을 등지고 이사 와서 다르게 살아 보려 했는데. 1시간도 더 걸려 겨우 병원을 나왔습니다. 어떻게 살아야 할지 그저 막막했습니다. 살아 내야 할 힘조차 사라진 듯했죠. 원인이 뭔지 모릅니다. 직업적 실패와 인간관계의 어려움이 겹친 건 자명할 테지만. 극도의 스트레스와 사람과 세상으로부터의 상처와 불안에 아팠습니다. 소소하게 꿈꾸던 것들이 허무하게 무너졌고요. 잠에서 깨어날 때마다 무거운 마음도 같이 일어납니다. 그런 날들 속에서, 무언가 지푸라기라도 잡고 싶었죠. '딱! 3일만 아프기'로 했습니다. 정신 차려야 했었으니까요. '난 무너지지 않을 거야'라는 강한 확신이 들었죠.

'그래! 이렇게 죽을 순 없어. 그동안 해 왔던 수많은 연구와 공부, 책

으로 펴내자! 누군가에게 전하는 길은 책밖에 없어!'

책을 쓰리라 다짐했습니다. 글을 쓰면서 내 마음의 어둠을 밝히고자 했던 거죠. 나를 구해 줄 거라 믿었지요.

흰 종이와 볼펜을 들었습니다. 처음에는 손이 떨리더군요. 단어 하나를 쓰기조차 어려웠죠. 점차 내 마음속 깊은 곳의 감정부터 적어 보았습니다. 두려움, 실망, 상실감을 솔직하게 표현해 보았습니다. 노트는 나의 아픔을 담아내는 그릇이 되었지요. 내가 겪은 구체적인 사건들, 그로 인한 감정의 변화, 그리고 내가 한 행동과 반응을 다 받아 주었죠. 그때 내가 왜 그렇게 깊은 절망감을 느꼈는지, 어떻게 이 상황을 극복할 수 있을지, 나의 행동과 삶의 태도에 어떤 영향을 미쳤는지를. 하나하나 분석했죠. 점차 마음의 짐을 조금씩 내려놓게 되더군요. 맞아요. 글을 쓰면서 감정이 정화된 겁니다. 글은 나를 이해하고 위로하는 방편이 되었습니다.

글을 쓰면서 아픈 마음을 토닥여 주었습니다. 나를 좀 더 이해하게 되었지요. 부정적인 감정들을 쏟아 낼 수 있었으니까요. 실패와 실망, 두려움 등은 나의 일부임을 인정하고 받아들였습니다. 힘없는 나를 활기차게 만들어 준 새로운 동력인 된 겁니다. 글을 쓰다 보니, 살면서 마주하는 어려운 부분들을 다루는 새로운 방법을 찾는 데 도움이 됩니다. 강점과 약점을 인식하게 되었고요. 행동과 반응을 조절하는 데 필요한 자기조절 능력도 생겼지요. 즉, 내 삶의 특정 부분을 다시 평가

하고 재구성할 수 있는 귀한 선물인 겁니다. 글쓰기는.

절망의 순간들 속에서 글쓰기는 희망의 불씨였죠. 아이들에게 말하는 태도, 남편을 향한 마음, 가족들에 대한 사랑 등. 글 속에는 작은 성공과 긍정의 순간들이 있더군요. 와우! 말로 표현할 수 없을 만큼 기뻤습니다. 이전에는 간과되었던 작은 성취들과 즐거웠던 추억이 새로운 에너지로 재탄생하다니. 직장 생활의 실패에도 불구하고, 여전히 난 가족과 친구들로부터 사랑과 지지를 받고 있습니다. 그저 감사할 뿐이죠. 미래에 대한 희망이 생겼습니다. 그래요. 글쓰기가 내 삶의 어두웠던 시간을 극복하는 데에 얼마나 중요한지 깨달았습니다. 아픈 마음을 이해하고, 안아 줍니다. 그러다 보면 희망을 발견할 수 있습니다. 떠오르는 생각과 감정을 정리하고, 새로운 방향을 찾게 도와주고요. 궁극에는 포기하고 싶은 순간에 나를 더 강하고 지혜로운 사람으로 성장하게 합니다. 글쓰기! 삶의 무게에 지친 마음을 달래 준 나의 유일무이한 친구입니다. 나를 지탱해 주는 힘이자, 포기하지 않는 삶의 이유인 셈이죠.

더는 타로점을 보지 않는다

이은희

　탈탈 털렸다. 영혼까지. 학부모 민원이 있었다. 나로서는 억지도 그런 억지가 없다. 통화하는 내내 진땀을 뺐다. '교육자'라서 말도 함부로 못 하겠다. '염병할'. 속으로만 되뇌었다. 혹여 민원 소지가 생기면 골치 아프다. 그저 듣고만 있었다. 한숨 소리가 들릴까, 손바닥으로 스피커를 가렸다. 무표정으로. 성질대로 하자면 할 말은 하고 사는 편이지만 참았다. 점점 나의 색은 빠지고, 지금은 내가 누구인지 모를 정도로 무채색이 되어 가고 있었다. 드디어 전화가 끝났다. 그제야 깊게 한숨을 쉴 수 있었다. 혈압이 오르고 뒷골이 당겼다. 그새 퇴근 시간이 됐다. 거울을 봤다. 눈은 뻘겋게 충혈되어 있고, 눈은 퀭해서 움푹 팼고, 눈그늘은 아마도 새끼발가락까지 내려가 있었다.

　나를 다 '쓴' 하루다. 한 톨도 안 남기고……. 퇴근 후의 삶을 즐기고 자시고 할 여력도 없다. 집에 터벅터벅 걸어왔다. 아무것도 하기 싫었다. 몸을 침대에 묻었다. 몸은 여기저기 아우성친다. 허리디스크는 더 안 좋아진 것 같고, 어지럼증은 더 심해져 세상이 핑핑 돈다. 직장은 나를 끊임없이 '소모'해야 곳이라는 생각에 서럽다. '왜 이러고 사나'라는 자괴감마저 든다. 눈물이 고였다. 꾸역꾸역 남 눈치 보며 살아가는 어른이 되어 가고 있었다. 사회적 기준에서는 '착한' 어른이지만, 나에게는 전혀 착하지 않았다. 그저 남들이 시키는 일을 오늘도 구멍 없이 끝냈다는 사명감으로 살고 있었다. 아주 대단한 일 하느라 오늘도 나는 나를 다 썼다.

누워서 핸드폰을 만지작거렸다. 우연히 호주 배낭여행 사진을 발견했다. 20대 때, 친구와 함께 배낭 하나 메고 떠났던 여행이다. 나도 모르게 배시시 웃고 있었다. 사진 속의 나는 시드니 공원 벤치에 앉아 커피에 샌드위치를 먹고 있었다. 대단한 볼거리도 없는 그저 앉아 있는 사진이었다. 그런데도 표정은 한없이 여유롭고 자유로워 보였다. 여행에서만큼은 내가 늘 '주인공'이었다. 오늘 내가 어디를 가고 싶은지, 하고 싶은 일은 무엇인지, 무엇을 먹고 싶은지 내가 정하고 결과는 내가 감당했다. 그렇다. '주도권'은 나에게 있었다.

'여행이 아닌 일상에서도 주인공으로 살 수는 없을까?'

두 번째 스무 살, 내가 나를 마음껏 뽐으며 살고 싶었다. 매일 여행을 다닐 수 없으니 우선 직장이 끝나면 스트레스를 풀 수 있는 배출구를 찾아보기로 했다. 호기심이 많아 이것저것 많이도 찔러봤다. 피아

노, 기타, 세밀화, 연극, 수영, 숲 해설……. 물론 배우는 동안 즐거웠고, 좋은 인연도 많이 만났다. 하지만 죄다 그때뿐이었다. 중간에 그만두기를 반복했다. 시작만 반짝이고 끝은 늘 흐물흐물했다. 하루는 용하다는 타로 점집을 찾아갔다. 뙤약볕에 줄을 한 시간 섰다. 대부분, 20대 젊은이들이었다. 드디어 내 차례다. 진지한 표정으로 자리에 앉았다. 어떤 점을 보고 싶냐고 물었다. 눈을 크게 뜨며 '진로' 점을 보겠다고 했다.

"제가 뭘 하면 잘할 수 있을까요?"

"제가 뭘 하면 행복하게 살 수 있을까요?"

"제가 지금 어떻게 살아야 할까요?"

지금 생각하면 얼굴이 화끈거린다. 나이 마흔에 진로 점을 보는 내가 얼마나 한심하게 보였을까. 5천 원에 내 인생에 답을 찾으려 했다.

답답하면 훌쩍 떠난다. 지병이다. 무작정 터미널에서 근교로 나가는 버스를 탔다. 하늘이 보이고 들판이 보였다. 숨이 좀 트인다. 글이 쓰고 싶어졌다. 내가 종일 선택하고 주도했던 일과였기 때문에 쉽게 피곤하지도 않았다. 저녁에 일정을 마치고 게스트하우스에서 배낭을 풀었다. 깊숙이 들어 있는 다이어리를 꺼냈다. 오늘 보고 듣고 느꼈던 순간을 글로 옮겼다. 손이 가는 대로 썼다. 내가 나에게 해 주고 싶은 이야기가 많았나 보다. 손목이 뻐근했다. 동시에 가슴도 뻐근했다. 글 속에서 그간 일상에서 외면하고 살았던 내가 보이기 시작했다. 등 돌리고 살았던 내가 보였다. 나와 친해지고 싶었다. 그러기 위해서는 나를 끊임없이 들여다봐야 했다. 글을 쓰면 내가 나를 꾸준히 볼 수 있었다. 어떻게 중심을 가지고 살아가야 할지 나에게 물었다. 타로 사장님께 묻지 않았다. 물론 불편할 때도 많았다. 하지만 그런 질문이 나와 친해지게 했다. 더는 무채색이 아니었다. 매일 다채로웠다. 글쓰기는 오늘 내가 무슨 색인지 생각해 보는 시간을 갖게 했다. 매일 달랐다. 글을 쓰면서 깨달았다. 주황도, 빨강도 그리고 회색도 다 나의 모습이라는 것을……. 있는 그대로 나를 바라보는 연습이 가능했다. 내 색깔을 그렇게 찾으려고 곳곳을 다녔지만, 찾을 수 없었던 것이 글을 쓰면 보였다. 나에게 글쓰기는 그토록 찾던 '파랑새'였다. 지금도 명확한 답은 찾지 못했다. 괜찮다. 매일 글을 쓰면서 찾는 중이다.

'내가 무엇을 할 때 가장 즐거울까?'

당장 답할 수 없는가? 당연하다. 글을 써 보지 않았기 때문이다. 당장 내가 어떤 색깔인지 모른다면 글로 본인의 색깔을 뿜어냈으면 좋겠다. 어려운 시기나 감정적인 부담을 글로 기록하면 본인 색을 찾아가는 단서를 볼 수 있다. 자기를 이해하고, 그것들을 극복하는 방법을 찾으려고 노력하게 된다. 힘들었던 나를 안아 주기도 하고, 기뻐하고 있는 나에게 박수를 보내 주기도 한다. 나에게 가장 든든한 응원단장이 되어 가고 있었다. 남 눈치 보면서 살고 있는 예전의 내가 아니다. 누구보다 내 인생을 주인공으로 살고 있는 멋진 어른이다. 내가 봐도 반할 정도다. 눈물겹게 반갑다. 놓치고 싶지 않다.

'얼마나 찾아 헤맸는데…….'

본능적으로 글을 쓰는 행위를 그만두면, 어쩌면 또다시 나를 잃어버릴 수 있겠나는 생각이 들었다. 반짝 위로로 끝내고 싶지 않았다. 나를 잃어버리지 않기 위해 지금은 매일 글을 쓰고 있다. 그렇게 서서히 시작한 글쓰기가 이제 작가라는 과분한 이름까지 선물해 주었다. 매일 나로 살고 있다. 진정한 나를 찾겠다며 이것저것 기웃거리며 시간 쓰지 않는다. 그저 매일 아침 일어나 책상에 앉아 노트북을 켠다. 내가 오늘 어떤 색깔로 살고 싶은지, 직접 색을 고르고 칠한다. 더할 나위 없이 근사한 삶이다.

더는 타로점을 보지 않는다. 크나큰 발전이다.

4-10

내가 라이팅 코치가 된 이유

정원희

재미있고 신나기만 했던 20대와 30대를 보내면서도, 중년이 될 내 모습이 궁금했다. 빨리 나이 들고 싶었다. 마흔이 되면서 삶의 방향이 조금 정해지는 것 같기는 했다. 그리고 또 나는 50살이 되기를 기다렸다. 2023년, 나는 드디어 50살이 되었다. 알 수 없는 안정감이 나를 편안하게 만들었다. 건물주가 된 것도 아니고, 역대 연봉자가 된 것도 아닌데 무엇이 나를 편안하게 만들어 주었을까? 나는 돈은 많이 없지만, 누구보다도 경험이 많다고 자부한다. 그리고 또 함께하고 있는 좋은 사람들이 많이 있다는 것이 나를 만족시켜 준다는 것을 알게 되었다.

10년째 여행클럽을 운영해 오고 있다. 여행클럽 밴드에는 1,000명 가까운 회원들이 있다. 이 회원들과 함께 지난 10년간 여행을 했다. 한 번의 여행만 한 사람도 있고, 수십 번의 여행을 한 사람들도 있다. 다양한 연령대의 사람들이 있지만, 자주 여행을 하는 사람들은 50대 이상의 언니들이다. 시간적으로나 경제적으로 조금 더 여유가 있으니 아무래도 여행을 가기가 편한 나이인 것 같다.

이들은 내가 무엇을 해도 내 편이 되는 아군이다. 나 역시도 인생을 먼저 살아온 인생 선배로 배울 점이 많아 늘 곁에 있고 싶고, 자주 만나 시간 보내고 싶은 이들이다.

차 마시는 친구, 밥 먹는 친구, 술 먹는 친구 각각 그 친밀함의 밀도가 다르다. 여행은 밤을 함께 보내며 24시간을 여러 번 겪게 된다. 좋은 점도 나쁜 점도 더 잘 드러난다. 여행에서 서로의 결이 같은 사람들이 친구가 되면 몇 년 동안 알고 지낸 이들보다 더 가까운 사이가 될 수 있다.

여행을 다녀오고 나서도 일상에서 가끔 만나 차도 마시고 밥도 먹고 하는 사이가 된 가까운 친구들이 있다. 나는 그들을 나이와 상관없이 나의 여행 친구라 소개한다.

"열심히 살았는데 인생이 참 허무해."
"앞으로 뭐 하며 살아야 하나 싶어."
"아이들 다 떠나고 나니 외로워."
"이제 무엇으로 가슴 뛰지?"
"오래 산다는 것이 축복인지 모르겠어."

인생 좀 살아 본 여행 친구들의 이야기이다. 내가 보기에 너무나 훌륭한 인생을 살아온 친구들이 그것의 소중한 가치를 충분히 모르고 있는 것 같았다. 오늘날 사람들은 '혼자 되는 것'을 두려워한다. 항상 무리에서 떨어지지 않으려고 노력하고, 가족이나 인맥에 집착한다. 혼자 되는 것, 즉 고독에는 두 가지가 있다. 하나는 원치 않는 고독이고, 다른 하나는 스스로 선택한 고독이다. 자발적 고독을 선택한 사람들은 혼자 있는 시간에 무엇을 해야 하는지 알고 있다. 자발적 고독은 온전히 몰입할 수 있는 시간을 만들어 주기도 한다. 고독한 시간을 자양분 삼아 지내는 사람과 고독한 시간을 단지 좌절하며 보내는 사람과는 큰 차이가 있을 것이다. 챙겨야 할 가족도 없고, 눈치 보아야 할 직장 상사, 동료들도 없어진 자유로운 시간을 어떻게 만끽하고 싶은 가? 5년 전에 이은대 작가님께 글쓰기 수업을 듣고, 글 쓰는 삶을 살고 싶다는 꿈이 생겼다. 글쓰기를 통해 오롯이 나에게 몰입할 수 있는 시간을 누릴 수 있었다. 내 책을 내고 나서는 사람들에게 꼭 책을 써야 한다고 말하는 내 목소리에 힘이 더 생겼다. 그리고 나는 책 쓰기를 도울 수 있는 라이팅 코치가 되기로 마음먹었다.

글쓰기 수업과 여행은 새로운 사람들을 만난다는 점에서 공통점이 있다. 사람들을 만나 이야기를 들으며 여행을 해 보라고 권한다, 함께 여행 가자고 한다. 휴식이 필요한 사람도 있고, 배움이 필요한 사람도 있다. 사람들과의 관계를 어려워하는 사람들도 있다. 여행에 모든 치료제가 있다. 그럼에도 불구하고 당장 떠나지 못하는 현실이 있다. 그래서 이제는 글을 써 보라고 말하게 되었다. 나와 함께 여행을 다녀온 사람들이 계속해서 나와 함께 여행하는 이유가 있다. 그들의 손발이 되어 무조건 다 해 주지 않는다. 내가 직접 나서서 하면 한번에 빨리 할 수 있지만, 해 주기보다는 할 수 있는 방법을 알려 준다. 열 번을 넘게 말하고, 시간이 오래 걸려도 차근차근 스스로 할 수 있을 때까지 설명해 준다. 이런 여행의 시간들을 반복하며 천천히 스스로를 돌볼 수 있는 사람이 된다. 다른 사람을 도와줄 수 있게도 된다.

여행하면 일상에서보다 자신에게 더 집중하게 된다. 여행 중에 자신만을 위한 시간을 가지며 조금 더 스스로를 들여다볼 수 있는 여백을 준다. 시간을 누리도록, 생각하도록 그냥 내버려 둔다.

그렇게 여행을 다녀온 사람들은 자신들이 가졌던 낯선 시간들에 감사하고, 만족감을 느끼게 된다.

글쓰기는 나를 돌아보는 여행이다. 비슷비슷한 일상을 살고 있는 것 같지만, 각자 다른 경험이 더해지면 나만의 스토리를 가진 멋진 한 권의 책이 될 수 있다.

2023년 10월, 글쓰기 수업을 처음 오픈하고 나서 열세 명이 정규 과정을 등록했다. 평소에 내 책 한 권 정도 써보면 좋겠다는 생각을 했었던 사람들이다. 내가 여는 수업에 첫 기수 수강생으로 와 주었다. 이들 중 몇 명은 책에 관한 생각이 전혀 없었는데, 정원희가 뭘 한다고 하니까 기꺼이 함께해 준 나의 아군들이다. 그 마음을 알기에 더더욱 정성을 다해 그들을 돕고 싶었다.

첫 달에 수강한 열세 명에 네 명을 더해 현재 열일곱 명의 수강생이 함께하고 있다. 변화가 일어나고 있다. 평소에 책을 읽지 않았던 사람들이 추천해 주는 책을 읽기 시작했다. 노트북을 장만하고, 일상을 글감으로 여기고 쓰기 시작했다. 무료하게 여기던 삶들이 조금씩 다시 빛나기 시작했다.

'그래, 2023년 내가 가장 잘한 일은 라이팅 코치로 글쓰기 수업을 시작한 거야.'

해 오던 사업을 접고, 글쓰기에 집중하기로 했다. 50대가 되면 조금 더 가치 있고 의미 있는 일로 돈을 벌고 싶었다. 어떤 일이라고 정해 놓지 않고 막연히 생각해 오던 그림이 있었다. 50대에 새로운 일이 시작된다면 평생 할 수 있는 일이면 좋겠다. 좋은 사람들과 함께할 수 있으면 좋겠다. 여행하면서도 가능하면 좋겠다. 누구나 원하면 시작할 수 있도록 도울 수 있으면 좋겠다. 그렇게 나의 라이팅 코치로서의 삶이 시작되었다.

글쓰기 코치가 되고 나니 내가 계속 읽고 써야 한다는 책임을 가지게 되었다. 그리고 다른 이들의 경험을 꺼내어 그들만의 이야기를 책으로 써 갈 수 있도록 도와줄 수 있는 사람이 되었다. 편안하고 풍요로울 것이라 상상해 왔던 시니어 라이프가 시작되었다. 글쓰기는 열심히 살아온 나에게 박수 보내고, 여유로워진 삶, 다소 무료해질 수 있는 우리의 일상에 활력을 주게 될 것이다.

출근 안 해도 되는 여유로운 아침에 커피 한잔 내려 옆에 두고, 노트에 나의 이야기를 써 내려가는 내 모습을 상상해 보라. 인생 후배들에게 내가 쓴 책을 들고 가 지혜를 전해 주는 강연가로 서 있는 내 모습은 어떠한가?

젊은이에게는 지난 시대를 잘 살아온 어른의 지혜가 필요하다. 매일 새로워지는 세상을 배워야 할 우리에게는 젊은 세대들이 건네는 그들의 생각을 나눌 장이 필요하다. 함께 책을 읽고 쓰면 서로가 공감하고 배울 수 있는 메시지를 전할 수 있다. 그것이 어우러져 더 큰 시너지가 생길 것이다.

1. 김미예 작가

　오십, 사는 동안 치열하게 살았습니다. 남들보다 일찍 사회생활을 시작했고, 아이를 낳고도 일을 손에서 놓지 않았습니다. 때론 어떻게 살아야 할지 몰라 방황했었고, 직장 생활로 인한 스트레스로 모든 것을 포기할까 생각도 했었습니다. 미래가 불투명해 불안하기만 했습니다. 하루 한 번 멈춤을 통해 내가 사색하고 쉴 수 있는 공간을 찾기로 했습니다. 나만의 공간에서 읽지 않던 책도 읽고, 오늘을 잘 살았는가 생각도 해 봅니다. 독자에게도 토닥토닥 위로의 말을 건넵니다. 글로 남깁니다. '수고하셨습니다!'

2. 김선황 작가

삶은 생방송입니다. 매 순간 심장이 쫄깃합니다. 어떨 때는 리허설대로 흘러가다가 다른 순간 브레이크에 걸려 덜컥합니다. 경험하기 전에는 알 수 없던 삶을 배워 갑니다. 글쓰기가 그랬습니다. '읽는 사람'으로 40년 이상을 살았습니다. '쓰는 사람'은 조금 나을 줄 알았는데, 세상에 쉬운 일은 없습니다. 세상 모든 작가를 존경하게 됩니다. 글자 하나에도 겸손해집니다. 여행과 글쓰기는 '치유'의 다른 이름입니다. 생방송이 펑크 났을 때 글쓰기로 회복하는 삶을 응원합니다. '글', '길'이 됩니다.

3. 김지안 작가

눈을 감고 내가 원하는 나의 모습을 그린다. 원하는 모습의 내가 되기 위해서 무엇을 해야 할지, 어떤 계획을 세워야 할지, 아이디어를 찾고 표현한다. 글쓰기를 통해서 자기 확언, 긍정 확언, 감사 확언을 매일 쓴다. 아침 10분, 일기 쓰기는 마음을 활기차게 하고 심리적 안정을 선물한다. 쉼의 시간이 된다. 긴장을 내려놓고 나는 할 수 있다는 자기만의 응원을 더 한다. 글을 쓰는 동안 자신만의 세계에 빠져들 수 있다. 자아 이미지 시각화로 원하는 삶을 살기 위한 도전을 계속한다.

4. 김지연 작가

어린 시절, 마당에는 돌로 동그랗게 만든 정원이 있었다. 정원을 마주 보고 앉아 땅에 붙어 피어 있는 채송화를 유심히 바라보는 시간이 좋았다. 지금은 변해 버린 환경이지만 좋아하는 것, 나누고 싶은 마음을 하얀 책상과 마음에 들어 신중히 고른 의자에 앉아 글로 표현하는 시간을 갖는다. 그 시간이 어릴 적 정원과 같은 나만의 안식처다. 이 책을 읽는 독자가 가쁜 숨을 잠시 고르고 자신만의 공간을 발견하면 좋겠다. 글쓰기는 지치고 힘든 나에게 충분한 쉼을 선물하는 나만의 퀘렌시아가 되기에 충분하다.

5. 김홍선 작가

글을 쓰면 하면 멈출 수 있다. 현실을 직시할 용기가 부족했다. 어떤 일을 시작하면 종착역을 향해 질주하는 열차였다. 멈추고 돌아볼 용기도, 여유도 없었다. 글쓰기를 시작하고, 멈추고 돌아보는 용기가 생겼다. 내 보잘것없는 경험이 남에게 도움이 된다는 사실을, 첫 번째 책을 내고 알고부터다. 힘들게 정상에 올랐다가 떨어졌었다. 그때 따뜻한 말 한마디, 글 한 줄이라도 위로받았으면 얼마나 좋았을까?

글을 쓰며 내가 받지 못한 것을 남에게 주고 있다. 멈추고 현실을 직시하는 힘은 여기서 나온다.

6. 박정미 작가

글 쓰는 시간은 쉬는 시간이다. 학교 교실을 떠올려 본다. 쉬는 시간 없이 수업만 계속된다면 어떻게 될까. 아마 지루하고 힘들어서 다시는 학교에 가고 싶지 않을 것 같다. 쉬면서 물도 마시고 화장실도 다녀오고, 친구와 수다도 떨어야 한다. 우리 인생도 마찬가지다. 앞만 보고 질주할 게 아니라 잠시 쉬어 가야 한다. 글쓰기는 나를 돌아보게 해주었다. 글을 쓰며 내 인생을 직시하고 새롭게 살아갈 힘을 얻었다. 이 책이 바쁜 일상을 보내는 독자들에게 잠시나마 '쉬는 시간'이 되어주면 좋겠다.

7. 이은설 작가

'덕분에'를 생각합니다. 고마운 것은 당연히 덕분입니다. 힘든 일, 어려운 일 덕분에 책을 쓰고 여기까지 올 수 있었습니다. 지나고 나니 덕분 아닌 것이 없습니다. 어려움과 힘듦을 덕분으로 바꿀 수 있는 삶을 살고 싶습니다. 요양보호사 일을 했던 덕분에 귀한 분을 만나고 책을 썼습니다. 자이언트를 만난 덕분에, 가치 있는 삶을 살기 위해 노력합니다. 이은대 작가를 만난 덕분에 멋진 인생을 배웁니다. "나의 오늘은 당신 덕분입니다." 소중한 당신을 사랑합니다. 모든 것이 당신 덕분입니다.

8. 이은정 작가

글쓰기! 나와 나누는 대화입니다. 잠시 멈추고, 반성하고, 이해할 수 있게 해 줍니다. 고요함의 순간이고, 느려지는 시간이며, 숨을 쉴 수 있는 공간이죠. 명상만큼 회복력이 있습니다. 판단하지 않고, 그저 듣습니다. 내 생각과 두려움, 기쁨과 슬픔을 안아 주는 인내심 있는 친구거든요. 글 쓰며 잠시라도 짊어지고 있는 무거운 짐을 내려놓고, 자유를 즐깁니다. 휴식의 원천이자 평온의 요람이니까요. 내 영혼에 안식을 제공하는 고요한 깨달음, 글쓰기를 받아들입니다. 빛으로 나를 인도했거든요.

9. 이은희 작가

왜 글을 쓰냐는 질문을 종종 받는다. 지금은 주저하지 않고 답할 수 있다. '나'를 잃지 않기 위해서 그리고 남을 돕기 위해서다. 삶의 가치와 의미가 분명해졌다. 이보다 더 분명한 행위는 없다. 왜 지금에서야 알았는지 모르겠다. 덕분에 매일 책을 읽고 글을 쓰고 있다. 글쓰기는 그야말로 나에게 '약'이다. 가끔 잊어버리는 날에는 아니나 다를까, 몸과 마음이 힘들다. 요즘 그 '약'을 꼬박꼬박 챙겨 먹고 있다. 덕분에 나는 아무래도 무병장수할 것 같다. 글 쓰는 삶을 살기 정말 잘했다.

10. 정원희 작가

메모하고, 기록하는 습관 덕분에 삶의 방향을 정할 수 있었습니다. 글쓰기는 삶의 도구가 되었습니다.

기록하지 않으면 증발되고, 잊혀집니다. 소중한 일상을 매일매일 쓰는 습관을 만드는 것부터 시작하면 됩니다. 행복한 현재와 멋진 미래를 위해서는 과거의 우리의 추억도 한 번쯤 정리해 볼 필요가 있습니다.

글쓰기는 열심히 살아온 나에게 박수 보내고, 여유로워진 삶, 다소 무료해질 수 있는 우리의 일상에 활력을 주게 될 것입니다.